LEWIS CARROLL

Alice no País das Maravilhas

ÓTIMA
EDITORA

Expediente

Editor
Geovana Muniz

Coordenação Pedagógica e Editorial
Giulia Werner Muniz Tiltstcher

Capa
Estúdio Caverna

Dados Internacionais de Catalogação na Publicação (CIP)
(Câmara Brasileira do Livro, SP, Brasil)

Carroll, Lewis, 1832-1898
Alice no país das maravilhas / Lewis Carroll ; tradução Martha Argel. -- 1. ed. -- São Paulo : Ótima Editora e Distribuidora de Livros, 2023.

Título original: Alice's adventures in wonderland.
ISBN 978-85-69500-22-3

1. Literatura infantojuvenil I. Título.

23-145220 CDD-028.5

Índices para catálogo sistemático:

1. Literatura infantil 028.5
2. Literatura infantojuvenil 028.5

Aline Graziele Benitez - Bibliotecária - CRB-1/3129

IMPRESSO NO BRASIL

Conteúdo

Deslizávamos sem pressa alguma[1]
Na tarde dourada de verão,
Enquanto mãos inábeis manejavam
Ambos os remos da embarcação,
Mãos pequeninas que fingiam
Terem sob controle nossa direção.

Ah, Trio malvado! Naquela hora,
Embalados por brisas amenas,
Suplicar uma história a quem não tinha
Alento para soprar a menor das penas.
Mas que chance uma só voz teria
Ante o clamor das três pequenas?

Prima, sempre muito decidida
Deu a ordem, "Comece agora"
Já Secunda, mais suave, divagou,
"Será bem maluca essa história?"
E Tertia interrompia a narrativa
De novo e de novo, a toda hora.[2]

---

1. Neste poema, Carroll se refere ao passeio de barco que fez pelo rio Tâmisa, de Oxford a um vilarejo próximo, em 4 de julho de 1862, junto com Alice, as duas irmãs dela e o reverendo Robinson Duckworth. Foi durante esse passeio que ele contou às três meninas, de improviso, as aventuras de Alice no País das Maravilhas. Posteriormente, ele escreveu a história a pedido da própria Alice. [N. T.]

2. "Prima" ("primeira", em latim) é Lorina Charlotte, a irmã mais velha de Alice, então com 13 anos; "Secunda" ("segunda") é a própria Alice, que tinha 10 anos; "Tertia" ("terceira") é Edith, mais nova que ela, com 8 anos na época. [N. T.]

De repente, o silêncio se fez,
E elas acompanharam, caladas,
A criança-sonho que percorria um mundo
Repleto de coisas encantadas,
De conversas incríveis com tantos animais...
E quase acreditaram ser real tal jornada

E então, quando a história esgotou
Todos os recursos da fantasia,
E pôr um fim àquela fábula
Era o que o narrador cansado queria,
"O resto conto depois..." "Já é depois!"
Gritaram elas, cheias de alegria.

E a história do País das Maravilhas
Foi surgindo lentamente,
Os eventos curiosos forjados um a um...
E assim a tripulação contente
Rumou para casa ao fim da história,
Navegando sob o sol poente

Alice! Dê a mão a esta historinha,
E a conduza de forma gentil,
Aninhando-a na mística morada da memória,
Onde é tecido cada sonho infantil,
Como a guirlanda murcha do peregrino
Feita com flores da terra da qual partiu.

Capítulo I

Descendo pela toca do Coelho

Alice estava começando a ficar entediada, sentada ali ao lado da irmã, na beira do rio, sem nada para fazer. Uma ou duas vezes esticou os olhos e espiou o livro que a irmã lia, mas ele não tinha figuras nem diálogos.

“E para que serve um livro sem figuras nem diálogos?”, pensou.

Assim, debatia consigo mesma (na medida do possível, pois o dia quente a fazia sentir-se sonolenta e preguiçosa) se o prazer de fazer um colar de margaridas valeria o esforço de levantar-se e colher as flores, quando, de repente, um Coelho Branco de olhos rosados passou por ela correndo.

Não havia nada de *tão* extraordinário assim, e Alice também não achou esquisito *demais* ouvir o coelho dizendo para si:

— Oh, céus! Oh, céus! Vou chegar atrasado!

(Quando pensou sobre aquilo mais tarde, concluiu que deveria ter achado tudo muito estranho, mas na hora pareceu algo bem natural.)

Mas quando o Coelho *tirou um relógio do bolso do colete* e o consultou, antes de prosseguir apressado, Alice levantou-se de um salto, ao se dar conta de que nunca antes tinha visto um coelho usando um colete com bolso e nem tirando do bolso um relógio. Morrendo de curiosidade, saiu correndo pelo campo atrás dele, por sorte bem a tempo de vê-lo entrar numa grande toca que se abria por baixo da sebe.

Alice entrou na toca logo atrás dele, sem nem se perguntar como sairia de lá depois.

No princípio, a toca se estendia reta como um túnel, mas de repente ela afundou, tão de repente que Alice nem sequer teve tempo de pensar em parar, antes de cair pelo que parecia ser um poço muito fundo.

Ou o poço era muito fundo ou ela caía muito devagar, pois enquanto despencava teve tempo de sobra para olhar em volta e indagar-se o que iria acontecer a seguir. Primeiro, ela tentou olhar para baixo e ver aonde estava indo, mas estava escuro demais para enxergar qualquer coisa. Então olhou para as paredes do poço e notou que estavam forradas com armários e estantes de livros; aqui e ali viu mapas e quadros pendurados. Ao passar por uma das prateleiras, apanhou um pote de vidro; tinha um rótulo onde estava escrito "GELEIA DE LARANJA", mas, para sua grande decepção, estava vazio. Ela não queria deixar o pote cair, com receio de matar alguém lá embaixo, e conseguiu colocá-lo em um dos armários pelo qual passou durante a queda.

"Bom, depois de uma queda dessas, rolar pela escada abaixo não vai ser grande coisa para mim!", pensou Alice. "Vão me achar muito corajosa lá em casa! Puxa, nem se caísse do alto da casa eu iria me importar!" (E era bem provável que fosse verdade.)

Caindo, caindo, caindo. Será que a queda *nunca* terminaria?

— Quantos quilômetros será que caí até agora? — disse ela, em voz alta. — Já devo estar chegando perto do centro da Terra. Vamos ver: seriam uns seis mil e quinhentos quilômetros para baixo, acho...

O fato é que Alice havia aprendido muitas coisas desse tipo na escola e, mesmo não sendo um momento muito oportuno para exibir seus conhecimentos, já que não havia ninguém para ouvi-la, ainda assim era um bom exercício repetir a lição em voz alta.

— Sim, a distância é mais ou menos essa... mas queria saber em qual latitude ou longitude estou.

Alice não fazia a mínima ideia do que seria latitude ou longitude, mas achou que eram palavras bem imponentes para dizer.

Ela voltou a falar.

— Será que vou continuar caindo e atravessar *até o outro lado da Terra?* Ia ser engraçado sair no meio daquela gente que caminha de cabeça para baixo! Os antipatias, acho... — Dessa vez ela ficou feliz por não haver ninguém ouvindo, porque aquela não parecia de jeito nenhum ser a palavra certa[3]. — Mas vou ter que perguntar a eles o nome do país onde estou, sabe? Por favor, minha senhora, aqui é a Nova Zelândia? Ou a Austrália?

Alice tentou fazer uma mesura enquanto falava... Imagine fazer uma mesura enquanto você está despencando através do nada! Você acha que conseguiria?

3. A palavra certa é "antípodas". [N. T.]

— E ela vai achar que sou uma garotinha ignorante, por perguntar isso! Não, não vai dar certo perguntar. Talvez eu veja o nome escrito em algum lugar.

Caindo, caindo, caindo. Não havia mais nada para fazer, e assim Alice logo voltou a falar.

— Acho que Dinah vai sentir muito a minha falta esta noite! — Dinah era sua gata[4]. — Espero que lembrem do pires de leite dela, na hora do chá. Dinah, minha querida! Como queria que você estivesse aqui embaixo comigo! Sei que não existem camundongos no ar, mas você poderia pegar um morcego, e eles são bem parecidos com camundongos. Mas será que gatos comem morcegos?

E nesse ponto Alice começou a sentir-se sonolenta, e continuou dizendo para si mesma, como num sonho:

— Será que gatos comem morcegos? Será que gatos comem morcegos? — E, às vezes — Será que morcegos comem gatos?

Como ela não era capaz de responder a nenhuma das duas perguntas, a ordem das palavras não importava muito.

Sentiu que adormecia. Tinha começado a sonhar que caminhava de mãos dadas com Dinah e que lhe perguntava, muito séria, "Vamos, Dinah, diga a verdade: você já comeu algum morcego?", quando, de repente, *tump! tump!*, aterrissou sobre uma pilha de gravetos e folhas secas, e a queda chegou ao fim.

4. A família Liddell tinha de fato uma gata chamada Dinah. [N. T.]

Alice não se machucou e de imediato ficou em pé. Olhou para cima, mas estava tudo escuro. À sua frente, viu outra longa passagem, pela qual o Coelho Branco se afastava, apressado. Não havia um momento a perder, e lá se foi ela correndo, bem a tempo de ouvi-lo dizer, enquanto dobrava uma esquina:

— Por minhas orelhas e meus bigodes, como está ficando tarde!

Ela estava logo atrás do Coelho quando também dobrou a esquina, mas ele já tinha sumido. Alice viu-se em um salão comprido e baixo, iluminado por uma fileira de lâmpadas que pendiam do teto.

Havia portas ao longo de todo o salão, mas estavam trancadas. Depois de percorrer todo um lado dele e voltar pelo outro, testando cada porta, ela caminhou pelo centro do aposento, triste, tentando imaginar como sairia dali.

De repente, deparou-se com uma mesinha de três pés, feita de vidro maciço. Não havia nada sobre a mesa além de uma pequenina chave dourada, e a primeira coisa em que Alice pensou foi que talvez servisse para abrir alguma das portas do salão. Mas, oh!, ou as fechaduras eram muito grandes ou a chave era muito pequena, e o fato é que ela não abria nenhuma das portas. Ao dar uma segunda volta pelo salão, porém, Alice viu uma cortina baixa que não notara antes. Por trás da cortina havia uma portinha, com uns quarenta centímetros de altura. Alice tentou enfiar a chavezinha dourada na fechadura e, para sua grande alegria, conseguiu!

Abriu a porta e descobriu que ela dava para um pequeno corredor, não muito maior do que um buraco de rato. Ajoelhou-se e, através da passagem, avistou o jardim mais adorável que já tinha visto. Como desejou sair daquele salão escuro e passear por entre aqueles canteiros de flores coloridas e aquelas fontes de água tão fresca! Mas não conseguia passar sequer a cabeça pela porta.

"E mesmo que minha cabeça passasse", pensou a pobre Alice, "ela não serviria de nada sem os ombros. Ah, como gostaria de poder encolher como uma luneta. Acho que até conseguiria fazer isso, se pelo menos soubesse como começar."

Pois, veja bem, andavam acontecendo tantas coisas fora do comum que ela começava a achar que quase nada era de fato impossível.

Parecia inútil ficar esperando junto à portinha e, assim, Alice voltou até a mesa, com uma certa esperança de encontrar outra chave, ou até mesmo um livro que ensinasse às pessoas como encolherem como lunetas. Sobre a mesa havia, desta vez, uma garrafinha...

—... que com certeza não estava aqui antes — Alice afirmou.

Atada ao pescoço da garrafa havia uma etiqueta de papel, com as palavras "beba-me", em grandes letras primorosamente impressas.

Apesar de estar escrito "beba-me", a pequena Alice era esperta e não ia fazer isso assim sem mais nem menos.

— Não, primeiro vou olhar bem para ver se em algum lugar está escrito *veneno* — disse.

Ela já havia lido muitas historinhas bonitas[5] sobre crianças que acabavam se queimando ou eram comidas por feras selvagens, ou sofriam outras coisas desagradáveis, simplesmente por não se lembrarem de seguir regras simples que seus amigos haviam ensinado: por exemplo, você vai se queimar se segurar por muito tempo um atiçador de fogo incandescente e, se cortar o dedo fundo demais com uma faca, ele costuma sangrar. E Alice nunca havia se esquecido de que, se a gente beber demais de uma garrafa onde está escrito *"veneno"*, quase com certeza vai passar mal depois.

Mas não estava escrito *"veneno"* na garrafa, e Alice arriscou-se a provar seu conteúdo. Gostou do sabor (que parecia uma mistura de torta de cereja, creme, abacaxi, peru assado, caramelo e torrada com manteiga) e logo tomou tudo.

•••

— Que sensação esquisita! — exclamou Alice. — Acho que estou encolhendo como uma luneta.

E estava mesmo. Agora media apenas vinte e cinco centímetros de altura, e seu rosto se alegrou quando ela percebeu que tinha o tamanho certo para passar pela portinha e chegar ao belo jardim. Mas

5. As "historinhas bonitas" eram, na verdade, os contos de fadas moralizantes, em que as crianças desobedientes sofriam consequências horríveis quando não se portavam bem. Constituíam a leitura padrão das crianças da época. *Alice*, rompendo com essa tradição, não traz uma "moral da história", e sua publicação abriu um novo caminho para a literatura infantil. [N. T.]

primeiro esperou uns minutos para ver se continuaria encolhendo. Essa possibilidade a preocupou um pouco, e ela disse para si:

— Porque, sabe, eu poderia desaparecer de uma vez, como a chama de uma vela. O que será que eu viraria então?

E tentou imaginar como fica a chama da vela depois que a vela se apaga, pois não podia se lembrar de já ter visto tal coisa.

Passado algum tempo, e vendo que nada mais tinha acontecido, ela decidiu ir para o jardim sem demora. Mas, oh, pobre Alice! Chegando à porta, descobriu que tinha esquecido a chavezinha dourada. E, ao voltar à mesa para buscá-la, descobriu que era impossível alcançá-la. Podia ver a chave através do vidro, e fez de tudo para subir por um dos pés da mesa, mas ele era escorregadio demais.

Cansada pelo esforço, a pobrezinha sentou-se e chorou.

— Vamos, não adianta ficar chorando desse jeito! — Alice disse para si mesma, de forma ríspida. — E pode já parar com isso!

Em geral, ela dava muitos bons conselhos a si própria, embora raramente os seguisse, e às vezes se repreendia com tanta severidade que seus olhos se enchiam de lágrimas. Lembrava-se de uma vez em que tentou puxar as próprias orelhas por ter roubado enquanto jogava *croquet* consigo mesma. O fato é que esta garota tão peculiar adorava fingir que era duas pessoas diferentes!

"Mas agora não adianta nada fingir que sou duas pessoas!", pensou a pobrezinha. "O que sobrou de mim não é suficiente nem para fazer *uma* pessoa decente!"

Daí a pouco seu olhar recaiu sobre uma caixinha de vidro que estava sob a mesa. Ao abri-la, Alice achou dentro dela um bolo pequenino, sobre o qual a palavra "coma-me" estava caprichosamente escrita com groselhas.

— Bom, vou comer — disse Alice. — Se ele me fizer crescer, posso pegar a chave, e, se me fizer encolher, posso rastejar por baixo da porta, Assim, de um jeito ou de outro, posso chegar ao jardim, e não me importa qual dos dois aconteça.

Ela comeu um pedacinho, e disse para si mesma, ansiosa:

— Para cima ou para baixo? Para cima ou para baixo?

E colocou a mão no alto da cabeça, para sentir em que direção ia. Surpreendeu-se ao descobrir que continuava do mesmo tamanho. Claro, em geral é o que acontece quando alguém come bolo, mas Alice se acostumara tanto a esperar que só acontecessem coisas extraordinárias, que parecia muito chato e bobo que a vida seguisse pelo caminho comum.

Assim, daí a pouco já havia comido todo o bolo.

Capítulo II

A lagoa de lágrimas

— Está ficando cada vez mais esquisitésimo! — gritou Alice, tão surpresa que, por um instante, se esqueceu de falar corretamente. — Agora estou esticando como se fosse o maior telescópio que já existiu! Adeus, pés!

Isso porque, ao baixar o olhar, mal conseguiu ver os próprios pés, de tão distantes que já estavam.

— Oh, pobres pezinhos, quem é que vai calçar sapatos e meias em vocês agora, queridos? *Eu não vou conseguir, com certeza! Vou estar longe demais* para cuidar de vocês, e vão ter que se virar como puderem.

"Mas devo ser boazinha com eles", pensou Alice, "ou eles talvez não me levem na direção que eu desejar! Vamos ver... Todo Natal vou dar a eles botas novas!"

E ela começou a planejar, em pensamento, como faria isso.

"Terei que mandá-las por um portador", pensou. "Vai ser bem engraçado enviar presentes para meus próprios pés. E como vai ser estranho o endereço de entrega!

Senhor Pé Direito de Alice
Tapete diante da lareira

perto do guarda-fogo
(com carinho, de Alice).

"Ah, mas quanta bobagem estou dizendo!"

Bem nesse instante, sua cabeça bateu no teto do salão; ela agora media dois metros e setenta de altura. Apressou-se em apanhar a chavezinha dourada e correu até a porta do jardim.

Pobre Alice! Tudo o que pôde fazer foi deitar-se de lado para olhar o jardim através da porta, com um olho só. Chegar ao jardim era agora mais impossível do que antes. Ela sentou-se e começou a chorar de novo.

— Você devia ter vergonha de si mesma — repreendeu-se Alice. — Uma garota crescida como você — ela sem dúvida podia dizer isso — chorando dessa forma! Pare agora mesmo, estou mandando!

Mas ela continuou chorando, derramando litros e litros de lágrimas, até que a seu redor formou-se uma enorme lagoa, que tinha uns dez centímetros de profundidade e estendia-se até o meio do salão.

Depois de algum tempo, ela ouviu um som distante de pezinhos e apressou-se a secar os olhos, para ver quem se aproximava. O Coelho Branco estava voltando, trajado de modo esplêndido, com um par de luvas brancas de pelica[6] numa das mãos e um grande leque na

6. Tipo de couro muito macio e suave, feito a partir da pele de cabrito ou de carneiro. Era considerado extremamente elegante e sofisticado à época. [N. T.]

outra. Vinha trotando com grande pressa, enquanto murmurava para si mesmo:

— Oh, a Duquesa, a Duquesa! Oh! Como vai ficar furiosa se eu a fizer esperar!

Alice estava tão desesperada que pediria ajuda a qualquer um. Assim, quando o Coelho chegou perto, falou-lhe numa voz baixa e tímida:

— Por favor, senhor...

O Coelho levou um tremendo susto, deixou cair as luvas de pelica e o leque, e fugiu para a escuridão o mais depressa que pôde.

Alice apanhou o leque e as luvas e, como fazia muito calor no salão, abanou-se enquanto prosseguia:

— Ai, nossa! Como está tudo estranho hoje! E ontem as coisas estavam tão normais. Será que fui trocada durante a noite? Preciso pensar: eu era a mesma quando me levantei de manhã? Acho que quase consigo lembrar de me sentir um pouquinho diferente. Mas, se não sou a mesma, a pergunta seguinte é "Quem, afinal, sou eu?" Ah, *este* é o grande enigma!

E ela começou a pensar em todas as crianças que conhecia e que eram de sua idade, para ver se poderia ter sido trocada por alguma delas.

— Tenho certeza de que não sou Ada, pois ela tem cabelo longo e todo encaracolado, e o meu é completamente liso. E tenho certeza de que não posso ser Mabel, porque sei muita coisa, e ela, ah!, ela sabe tão pouquinho! Além do mais, *ela* é ela, e eu sou eu, e... ah, puxa, como tudo isso é complicado! Vou tentar descobrir se sei todas as coisas que costumava saber.

Vejamos: quatro vezes cinco é doze, e quatro vezes seis é treze, e quatro vezes sete é... ah, céus! Desse jeito, nunca vou chegar a vinte[7]! Mas a tabela de multiplicação não tem nenhuma importância; vamos tentar Geografia: Londres é a capital de Paris, e Paris é a capital de Roma, e Roma... não, está *tudo* errado. Tenho certeza Devo ter sido trocada por Mabel! Vou tentar recitar "*Oh, veja a pequenina...*" — Ela cruzou as mãos no colo como se estivesse recitando a lição e começou a declamar os versos, mas sua voz saiu rouca e estranha, e as palavras não soaram como costumavam soar:

"Oh, veja o pequenino crocodilo
Lavando a luzidia cauda,
Despejando as águas do Nilo
Sobre cada escama dourada!

Com que alegria sorri, num esgar,
Com que elegância estica as garras,
E acolhe os peixinhos daquele lugar
Dentro da enorme e gentil bocarra!"[8]

---

7. Este é um exemplo dos jogos mentais que se escondem por trás do aparente *nonsense de Lewis Carroll. A explicação mais simples para o raciocínio de Alice, segundo o matemático Martin Gardner, seria a seguinte: como as tábuas de multiplicação da Inglaterra vão de 1 a 12, continuando a progressão, teríamos 4×7=14, 4×8=15 e assim por diante, até chegarmos a 4×12=19, menor que 20* (Gardner, 1960). [N. T.]

8. A maioria dos poemas de *Alice são sátiras a poemas ou letras de músicas conhecidas na época de Carroll, familiares aos leitores britânicos de então*. Essa é uma paródia a duas estrofes de um poema religioso de 1715, cuja tradução livre seria 'Oh, veja a pequenina abelha, tão laboriosa / Esmerando-se a cada hora iluminada, / Recolhendo mel [*sic*] *durante o dia inteiro / De cada flor desabrochada.*". [N. T.]

— Tenho certeza de que as palavras não estão certas — disse a pobre Alice, e seus olhos se encheram outra vez de lágrimas, enquanto ela prosseguia. — Afinal de contas, devo ser Mabel, e vou ter que ir morar naquela casinha minúscula e apertada e quase não vou ter brinquedos e, oh! precisarei aprender tanta coisa! Não, já me decidi. Se sou Mabel, vou ficar aqui embaixo! Não vai adiantar nada se enfiarem a cabeça pelo buraco e me chamarem "Volte aqui para cima, querida!". Só vou olhar para cima e responder "Então, quem sou eu? Primeiro me digam e depois, se eu gostar de ser essa pessoa, então vou subir. Se não gostar, vou ficar por aqui até ser outra pessoa"... Mas, ah, céus! — ela se lamentou de repente, começando a chorar — Como queria que enfiassem a cabeça pelo buraco! Estou tão cansada de estar sozinha aqui embaixo!

Dizendo isso, baixou os olhos para as mãos e se surpreendeu ao ver que, enquanto falava, tinha calçado uma das luvinhas brancas do coelho.

"*Como* consegui fazer isso?", pensou. "Devo estar diminuindo de tamanho de novo."

Ela se levantou e foi até a mesa, para comparar sua própria altura com a dela. Por seus cálculos, tinha agora sessenta centímetros de altura, e viu que continuava encolhendo depressa. Logo descobriu que a causa disso era o leque que segurava, e de imediato o soltou, evitando bem a tempo encolher até desaparecer por completo.

— Essa foi por pouco! — exclamou Alice, assustada com a mudança súbita, mas bem aliviada por constatar que ainda existia. — E, agora, vamos para o jardim!

E voltou correndo até a portinha. Mas, oh! Estava novamente fechada, e a chavezinha dourada continuava sobre a mesa de vidro.

"As coisas estão piores do que nunca", pensou a pobre criança, "pois jamais estive tão pequena antes, jamais! E declaro que é algo muito ruim, com certeza!"

Enquanto Alice dizia isso, seu pé escorregou e, no instante seguinte, *splash*!, ela se viu mergulhada até o pescoço em água salgada. A primeira coisa que pensou foi que devia ter caído no mar.

— E, nesse caso, posso voltar para casa de trem — disse para si.

Alice havia estado à beira-mar uma única vez na vida, e chegara à conclusão geral de que, em qualquer ponto da costa da Inglaterra, haveria carros de banho[9], crianças cavando a areia com pás de madeira, então uma fileira de pensões e, para além deles, uma estação ferroviária.

No entanto, logo deduziu que estava na lagoa formada pelas lágrimas que havia chorado quando media dois metros e setenta de altura.

— Como eu queria não ter chorado tanto! — disse Alice, nadando de um lado a outro e tentando encontrar um modo de sair. — Acho que meu castigo, agora, vai ser me afogar em minhas próprias lágrimas! Bem estranho, com certeza! Mas tudo hoje está estranho.

9. Carros de banho eram cabines de madeira ou lona sobre rodas, nas quais as pessoas trocavam de roupa. Eram puxados até o mar para que os banhistas, principalmente as mulheres, tivessem privacidade ao entrar na água e não fossem vistos em trajes de banho por outras pessoas. [N. T.]

Nesse exato momento, ela ouviu um chapinhar na lagoa, a certa distância, e nadou na direção do som para descobrir o que era. No começo achou que poderia ser uma morsa ou um hipopótamo, mas então lembrou-se de como estava pequenina, e logo em seguida viu que era apenas um rato que, assim como ela, tinha caído na lagoa.

"Será que vai adiantar alguma coisa conversar com esse rato?", pensou Alice. Tudo é tão maluco aqui, que é bem provável que ele possa falar. De qualquer modo, não custa nada tentar."

Assim, ela se dirigiu a ele:

— Ó, Rato, você saberia como se sai desta lagoa? Estou muito cansada de nadar de lá para cá, ó, Rato!

Alice achou que esse seria o modo correto de falar com um rato. Nunca tinha falado com um rato antes, mas ela se lembrava de ter visto na gramática de latim de seu irmão "Um rato — de um rato — para um rato — um rato — ó, rato!"

O rato a olhou com certa curiosidade e pareceu piscar um olhinho para ela, mas não disse nada.

"Pode ser que ele não entenda inglês", pensou Alice. "Talvez seja um rato francês, que veio para cá com Guilherme, o Conquistador."[10] (Apesar de saber tanto sobre história, Alice não entendia muito bem quanto tempo havia se passado desde este ou aquele evento histórico.) Ela tentou de novo:

10. Guilherme I, originalmente Duque da Normandia, na França, invadiu e conquistou a Inglaterra, tornando-se rei em 1066, quase 800 anos antes da época em que a história de Alice se passa. [N. T.]

— *Où est ma chatte?*[11] — Esta era a primeira frase de seu livro de francês.

O Rato deu um pulo súbito para fora d'água e pareceu estremecer de medo.

— Oh, me desculpe! — Alice exclamou, aflita, com receio de ter ferido os sentimentos do pobre animal. — Esqueci por completo de que você não gosta de gatos.

— Gostar de gatos? — gritou o Rato, numa voz estridente e furiosa. — *Você* gostaria de gatos, se fosse eu?

— Bom, acho que não — respondeu Alice, em tom conciliador. — Não fique bravo por causa disso. Ah, mas como eu gostaria de poder lhe apresentar nossa gata Dinah. Acho que você começaria a gostar de gatos se a conhecesse. Ela é tão quietinha e adorável... — ela continuou falando, meio consigo mesma, enquanto nadava devagar — ... e ela fica sentadinha junto à lareira, ronronando tão bonitinha, lambendo as patas e lavando a cara... e é uma coisa tão fofa de pegar no colo... e é tão boa caçadora de ratos... Oh, me desculpe! — exclamou de novo, pois desta vez o Rato se arrepiara todo, e ela tinha certeza de que estava muitíssimo ofendido. — Não vamos mais falar sobre ela, se você prefere.

— Não vamos falar? — gritou o Rato, que tremia até a ponta da cauda. — Como se *eu* fosse falar sobre tal assunto! Nossa família sempre *odiou*

11. "Onde está minha gata?" [N. T.]

gatos. São coisas horrendas, baixas e vulgares! Não me force a ouvir esse nome de novo!

— Não vou forçar — disse Alice, querendo mudar de assunto logo. — Você... você... gosta de cães?

O Rato não respondeu, e Alice continuou, ansiosa:

— Perto de nossa casa mora um cachorrinho tão engraçadinho que eu gostaria que você visse! É um *terrier* de olhos brilhantes, sabe, com pelo castanho longo e encaracolado! E ele vai buscar as coisas que a gente joga, e se senta e ergue as patinhas da frente para pedir comida, e mais um monte de coisas, não consigo lembrar nem a metade delas... O dono dele é um fazendeiro, sabe, e ele diz que o cachorrinho é tão útil que vale cem libras. O fazendeiro diz que ele mata todos os ratos e... Oh, céus! — exclamou Alice, em tom angustiado. — Receio tê-lo ofendido de novo!

De fato, o Rato nadava para longe dela o mais rápido que podia, agitando as águas da lagoa enquanto se distanciava. Alice chamou-o com voz suave:

— Meu caro Rato! Volte, e não falaremos nem de gatos nem de cachorros, se você não gosta deles!

Ao ouvir isso, o Rato deu meia volta e retornou até ela, nadando devagar. Tinha o rosto muito pálido (de fúria, pensou Alice), e disse, com voz baixa e trêmula:

— Vamos até a praia, e então lhe contarei minha história. Você vai entender por que odeio gatos e cães.

Já estava mesmo na hora de ir embora, pois a lagoa estava ficando cheia de aves e de outros animais que caíam nela: havia um Pato e um Dodô[12], um Lóris[13] e uma jovem Águia, e várias outras criaturas curiosas. Alice foi na frente, e o grupo todo nadou para a praia[14].

12. O dodô era uma grande ave nativa da ilha Maurício, no oceano Índico. Aparentada aos pombos, mas incapaz de voar, extinguiu-se no final do século XVII. [N. T.]

13. Lóris é o nome dado a várias espécies de periquitos que habitam o sudeste asiático e a Austrália. [N. T.]

14. O Pato (em inglês, *duck*) *é o Reverendo Duckworth, o Lóris é Lorina Liddell, a jovem Águia (em inglês, eaglet) é Edith Liddell e o Dodô é o próprio Lewis Carroll, que quando gaguejava pronunciava seu sobrenome verdadeiro como "Do-Do-Dodgson". Esse trecho faz referência a um passeio na companhia de outras pessoas (as "várias outras criaturas curiosas"), em que uma chuva inesperada encharcou a todos. [N. T.]*

Capítulo III

Uma corrida de comitê e uma longa história

O grupo que se reuniu na margem da lagoa tinha aparência bem estranha — as aves com as plumas enlameadas e os outros animais com a pelagem grudada ao corpo. Estavam todos encharcados, contrariados, e sentiam-se desconfortáveis.

A primeira questão era, claro, como iriam se secar. Começaram a debater entre si e, em poucos minutos, Alice já achava a coisa mais normal do mundo estar conversando com eles de forma tão natural, como se os conhecesse a vida inteira. Ela teve uma longa discussão com o Lóris, que no fim ficou emburrado e disse:

— Sou mais velho que você, e por isso devo ser mais sábio.

Mas Alice não estava disposta a concordar com o Lóris sem saber a idade dele e, como ele se recusou a revelar quantos anos tinha, a conversa terminou por aí.

Por fim, o Rato, que todos pareciam respeitar, ergueu a voz:

— Sentem-se todos e escutem-me! *Eu* farei vocês se secarem bem depressa!

Todos se sentaram de imediato num grande círculo, com o Rato no centro. Alice olhou-o ansiosa, com a certeza de que pegaria um resfriado terrível se não se secasse logo.

O Rato pigarreou, com ar importante, e disse:

— Estão todos prontos? Esta é a história mais seca e árida que conheço. Todos façam silêncio, por favor. "Guilherme, o Conquistador, cuja causa tinha o apoio do Papa, logo recebeu a submissão dos ingleses, que desejavam um líder, e que naquela época estavam bastante acostumados com usurpações e conquistas. Eduíno e Morcar, condes da Mércia e da Nortúmbria..."

— Argh! — exclamou o Lóris, estremecendo.

— Pois não? — interrompeu-se o Rato, franzindo o cenho, mas com muita educação. — Disse alguma coisa?

— Eu não! — respondeu depressa o Lóris.

— Pois achei que tinha dito — devolveu o Rato. — Prosseguindo: "Eduíno e Morcar, condes da Mércia e da Nortúmbria, deram-lhe seu apoio, e até Stigand, o patriótico arcebispo da Cantuária, achando tal coisa conveniente...

— Achando *o quê*? — interrompeu o Pato.

— Achando *tal coisa* — o Rato respondeu, um tanto irritado. — Claro que você sabe o que "coisa" significa.

— Sei muito bem o que "coisa" significa, sobretudo quando *eu* encontro uma coisa — disse o Pato. — Em geral é uma rã ou uma minhoca. A questão é, o que foi que o arcebispo achou?

O Rato ignorou a questão, e apressou-se em prosseguir:

—"... achando tal coisa conveniente, levou Edgar, o Atelingo, para se encontrar com Guilherme e ofereceu-lhe a coroa. No começo, o comportamento de Guilherme foi moderado, mas a insolência de seus normandos..."[15] Como está agora, minha cara? — ele continuou, voltando-se para Alice enquanto falava.

— Molhada do mesmo jeito — respondeu Alice, em tom triste. — Acho que não estou secando nada.

— Neste caso — disse solenemente o Dodô, pondo-se em pé —, proponho que a reunião seja postergada e que passemos à adoção incontinenti de paliativos mais vigorosos...

— Fale como gente normal — disse a jovem Águia. — Não entendo metade desse palavreado. E, aliás, acho que você também não!

E ela baixou a cabeça para esconder um sorriso. Algumas das outras aves riram abertamente.

— O que eu estava dizendo — retomou o Dodô, ofendido, — era que o melhor meio de nos secarmos seria uma corrida de comitê.

15. Este relato árido foi transcrito do livro de história da Inglaterra que Alice e os irmãos usavam. O trecho refere-se a fatos ocorridos em 1066, logo após a invasão e a ocupação do reino da Inglaterra por Guilherme II da Normandia, à frente de um exército formado por forças normandas, bretãs e francesas. [N. T.]

— O que é uma corrida de comitê? — perguntou Alice.

Não que ela tivesse muito interesse em saber, mas o Dodô havia feito uma pausa, como se achasse que *alguém* deveria perguntar aquilo, e ninguém mais pareceu disposto a abrir a boca.

— Bom, o melhor jeito de explicar é fazendo.

(E, como pode ser que vocês queiram fazer uma corrida de comitê, num dia de inverno, descrevo como procedeu o Dodô a seguir.)

Primeiro ele demarcou a pista de corrida, formando mais ou menos um círculo ("a forma exata não importa", disse) e então todo mundo foi posicionado ao longo da pista, aqui e ali. Não houve nenhum "um, dois, três, já"; cada um começava a correr quando bem entendesse e parava na hora que desejasse, e por isso não era muito fácil saber quando a corrida terminava[16]. No entanto, quando fazia mais ou menos meia hora que eles corriam, e já estavam bem secos, o Dodô gritou de repente:

— A corrida terminou!

E todos se reuniram ao redor dele, ofegantes, indagando:

— Mas quem ganhou?

O Dodô precisou pensar muito para responder a essa pergunta, e passou um bom tempo sentado, com a testa apoiada em um dedo (na posição em

16. Esta corrida seria uma sátira de Carroll aos comitês dos partidos políticos, cujos membros muitas vezes parecem andar em círculos, sem chegar a qualquer resultado, e ainda assim todos querem ser presenteados com um bom cargo público. [N. T.]

que geralmente Shakespeare aparece nos retratos), enquanto os demais esperavam em silêncio. Por fim, ele disse:

— *Todos* ganharam e por isso devem receber prêmios.

— Mas quem vai entregar os prêmios? — indagou um coro de muitas vozes.

— Ora, *ela*, é claro — disse o Dodô, apontando um dedo para Alice.

De imediato, todos a rodearam, numa gritaria confusa:

— Prêmios! Prêmios!

Alice não sabia o que fazer. No desespero, enfiou a mão no bolso e tirou uma caixinha de confeitos (por sorte a água salgada não tinha entrado na caixinha). Então distribuiu os doces como prêmios. Havia exatamente um confeito para cada um dos animais.

— Mas ela também deve receber um prêmio, sabe? — disse o Rato.

— É claro — respondeu o Dodô, cerimonioso. Voltando-se para Alice, perguntou — O que mais você tem no bolso?

— Só um dedal — disse ela, desconsolada.

— Me dê aqui — disse o Dodô.

Eles a rodearam uma vez mais, enquanto o Dodô exibia solenemente o dedal, dizendo:

— Nós lhe rogamos que aceite este dedal tão elegante.

E assim que ele terminou seu breve discurso, todos aplaudiram.

Alice estava achando tudo aquilo absurdo, mas eles pareciam tão sérios que ela não ousava rir. E, sem conseguir pensar em algo para dizer, apenas fez uma reverência e pegou o dedal, tentando parecer o mais formal possível.

Em seguida, comeram os confeitos. Houve alguma confusão, pois as aves grandes reclamaram que não conseguiam sentir o gosto do doce, enquanto as aves pequenas engasgaram, sendo necessário bater-lhes nas costas. Quando finalmente tudo terminou, sentaram-se em círculo e pediram ao Rato que lhes contasse alguma outra coisa.

— Você prometeu me contar sua história, sabe... — disse Alice, e acrescentou num sussurro, com certo receio de que ele se ofendesse de novo — E o motivo pelo qual odeia... G e C.

— Minha história é tão longa quanto minha cauda. E triste — disse o Rato, virando-se para Alice com um suspiro.

— Com certeza é uma longa cauda — comentou ela, olhando admirada para a cauda dele. — Mas por que você diz que é triste?

E, enquanto o Rato falava, ela continuou intrigada com tal comparação, de modo que pensou na história mais ou menos deste jeito:

"Fúria, o cão, disse a um
rato, que encontrou no
quintal, recém-chegado
do mato, "Vamos
juntos ao tribunal,
Vou processá-lo,
é fato. Não aceito
recusa, nem
tente. Um
julgamento
devemos ter
nesta manhã
indolente,
em que não
tenho o que
fazer." Disse
o rato, res-
sabiado,
"Caro se-
nhor, pa-
ra mim,
sem juiz
e nem
jurados,
um jul-
gamento
assim é

tempo
desper-
diçado."
Fúria res-
pondeu
sem demo-
ra: "Serei
júri e juiz
na ação,
E o ve-
redito
sairá na
hora —
pena de
morte,
sem
salva-
ção."[17]

— Você não está prestando atenção! — o Rato ralhou com Alice, severo. — No que está pensando?

— Mil desculpas — respondeu ela, com muita humildade. — Você chegou à quinta curva, não?

17. Originalmente, este poema é diagramado com o intuito de parecer o desenho de um rato. E o texto original de Carroll menciona o número de curvas da cauda. Não é possível manter todo o poema numa só página, por isso, optamos por mantê-lo, pelo menos, dividido em páginas espelhadas (Nota do editor).

— Não cheguei, não! Aiaiai! — gritou rispidamente o Rato, muito irritado.

— Está sentindo alguma dor? — exclamou Alice, sempre disposta a ser útil e olhando ansiosa para ele. — Se precisar, posso ajudá-lo!

— Não preciso de nada — retrucou o Rato, ficando em pé e se afastando. — Essas coisas sem sentido que você diz são um insulto para mim.

— Mas não foi de propósito! — disse a pobre Alice. — Você se ofende muito fácil, sabia?

Em resposta, o Rato apenas grunhiu.

— Por favor, volte e termine sua história! — Alice insistiu.

E todos os demais fizeram coro:

— Sim, por favor, volte e termine a história!

Mas o Rato apenas sacudiu a cabeça, impaciente, e se afastou mais depressa.

— Que pena que ele não quis ficar! — suspirou o Lóris, assim que o Rato sumiu de vista.

Uma velha Carangueja aproveitou a chance para dizer a sua filha:

— Ah, minha querida, que esta lição lhe sirva. Nunca perca a paciência.

— Olha quem está falando, mamãe — devolveu a Caranguejinha, irritada. — Você consegue tirar do sério até uma ostra!

— Como eu queria que minha Dinah estivesse aqui! — disse Alice, para ninguém em particular. — Ela logo o traria de volta!

— E quem seria Dinah, se me permite perguntar? — indagou o Lóris.

Alice respondeu com gosto, pois estava sempre disposta a falar sobre seu bichinho.

— Dinah é nossa gata. Não imagina como é esperta para pegar ratos! E, puxa, devia ver como vai atrás das aves! Ela tenta comer qualquer passarinho que vê!

Tais declarações causaram enorme perturbação entre os demais. Algumas das aves se apressaram a ir embora; uma velha Gralha começou a arrumar a plumagem, com bastante cuidado, observando:

— Preciso mesmo voltar para casa. O ar da noite não faz bem para minha garganta.

E um Canário chamou os filhos, com voz trêmula:

— Vamos embora, meus amores. Vocês todos já deviam estar na cama.

Com os pretextos mais variados, todos se foram, e logo Alice ficou sozinha.

— Como eu queria não ter mencionado Dinah! — disse para si mesma, com tristeza. — Parece que ninguém gosta dela aqui embaixo, mas tenho certeza de que é a melhor gata do mundo! Ah, querida Dinah! Será que algum dia vou voltar a vê-la?

E então começou a chorar de novo, sentindo-se muito sozinha e infeliz. Mas daí a pouco voltou a ouvir o barulhinho de passos pequeninos ao longe. Ergueu o olhar, ansiosa, com uma certa esperança de que o rato tivesse mudado de ideia e estivesse voltando para terminar de contar sua história.

Capítulo IV

O Coelho dá uma tarefa a Bill

Era o Coelho Branco, trotando suavemente de volta e olhando nervoso ao redor, como se tivesse perdido algo. Alice ouviu-o murmurar consigo mesmo:

— A Duquesa! A Duquesa! Oh, minhas patinhas! Oh, minha pelagem e meus bigodes! Ela vai me executar, tão certo quanto um furão é um furão! *Onde* será que os deixei cair, queria saber!

Alice percebeu na hora que ele estava tentando encontrar o leque e o par de luvas brancas e, muito prestativa, começou a procurar também, mas eles não estavam em nenhum lugar à vista. Tudo havia mudado desde que ela caíra na lagoa, e o grande salão, com a mesa de vidro e a portinha, tinha desaparecido completamente.

O Coelho logo viu Alice vasculhando os arredores, e gritou-lhe, zangado:

— Ora, Mary Ann, o que está fazendo aqui fora? Corra já até à casa, e me traga um par de luvas e um leque! Depressa, vá!

Alice ficou tão assustada que saiu correndo sem demora, na direção que o Coelho indicara, sem tentar explicar-lhe que ele cometera um engano.

— Ele me confundiu com sua criada — disse para si, enquanto corria. — Como vai se surpreender quando descobrir quem sou! Mas é melhor eu levar a ele o leque e as luvas... Quer dizer, se conseguir encontrá-los.

Ao dizer isso, Alice deparou-se com uma casinha bonita, em cuja porta havia uma placa reluzente de latão onde estava escrito "Coelho Branco". Entrou sem bater e subiu correndo as escadas, morta de medo de encontrar a verdadeira Mary Ann e de ser expulsa da casa antes de achar o leque e as luvas.

— Como é estranho receber ordens de um coelho! — murmurou consigo. — Quem sabe Dinah vai ser a próxima a me dar ordens.

E começou a imaginar que tipo de situação aconteceria: "Senhorita Alice! Venha aqui imediatamente, e esteja pronta para dar seu passeio!" "Já estou indo, babá! Mas preciso vigiar a toca do rato até Dinah voltar, e não deixar que ele fuja.

— Mas acho que não iriam permitir que Dinah continuasse morando em casa se ela começasse a mandar nas pessoas desse jeito!

Enquanto isso, havia chegado a um cômodo pequeno e bem arrumado, com uma mesa diante da janela, sobre a qual havia (como ela esperava) um leque e dois ou três pares de luvinhas brancas de pelica. Pegou o leque e um par de luvas, e já ia saindo quando viu uma garrafinha ao lado do espelho. Não havia nenhuma etiqueta escrito "Beba-me", mas mesmo assim Alice destampou a garrafinha e levou-a aos lábios.

— Sei que coisas *muito* interessantes acontecem sempre que como ou bebo algo — disse para si mesma. — Assim, vamos ver o que esta garrafa faz. Tomara que me faça crescer de novo, porque estou cansada de ser tão pequenininha.

De fato, foi o que aconteceu, e muito mais depressa do que Alice esperava.

Ainda não tinha tomado metade da garrafa quando sua cabeça bateu no teto, e ela precisou se encolher para não quebrar o pescoço.

— Já chega! Tomara que eu pare de crescer, já não posso passar pela porta... Não devia ter bebido tanto!

Mas era tarde para se arrepender! Alice continuou crescendo e crescendo, e logo teve de se ajoelhar no chão. No minuto seguinte, nem para isso havia espaço, e ela tentou se deitar com um cotovelo apoiado na porta e o outro braço envolvendo a cabeça. Continuou crescendo e, como último recurso, colocou um braço para fora da janela, e enfiou um pé pela chaminé acima. Disse para si:

— Agora não há mais nada a fazer, o que quer que aconteça. Que será de mim?

Felizmente, a garrafinha mágica já tinha atingido seu efeito máximo, e Alice parou de crescer. Mas a situação era bem desconfortável e parecia não existir nenhuma possibilidade de que algum dia ela pudesse sair dali. Assim, não é de espantar que estivesse se sentindo infeliz.

"Era muito melhor em casa", pensou a pobrezinha. "Eu não ficava crescendo e encolhendo o tempo todo, e nem recebia ordens de ratos e de coelhos. Quase me arrependo de ter descido pela toca do coelho, mas... mas... este tipo de vida é bem intrigante, sabe? Eu me pergunto o que será que aconteceu comigo! Quando lia contos de fadas, achava que eram coisas que nunca aconteciam e agora aqui estou, no meio de um deles! Devia haver um livro falando de mim, com certeza! E, quando crescer, vou escrever esse livro..."

— Mas eu já cresci — acrescentou, em tom desolado. — Pelo menos *aqui* não há espaço para que eu cresça mais.

"Mas quer dizer que nunca vou ficar mais velha do que sou agora?", pensou. "Por um lado, seria bom, pois nunca ficaria idosa. Mas, por outro... ter aulas para sempre! Ah, eu *não* gostaria disso!"

"Ah, Alice, sua tonta!", ela mesma respondeu. "Como teria aulas aqui? Você mesma quase nem cabe aqui dentro e com certeza não há espaço para livros escolares!"

E prosseguiu, ficando primeiro de um lado e depois do outro, numa discussão muito séria. Depois de alguns minutos, porém, ouviu uma voz lá fora e interrompeu-se para escutar.

— Mary Ann! Mary Ann! — disse a voz. — Traga já minhas luvas!

Passinhos leves soaram nos degraus da frente. Alice percebeu que o Coelho Branco viera a sua procura e começou a tremer com tanta força que sacudiu a casa, esquecendo-se por completo de que agora era mil vezes maior que o Coelho e que não havia qualquer motivo para ter medo dele.

O Coelho chegou à porta e tentou abri-la, mas ela abria para dentro e o cotovelo de Alice apoiava-se nela, de modo que a tentativa foi um fracasso. Alice ouviu-o murmurar:

— Então vou dar a volta e entrar pela janela.

"Ah, não vai, não", pensou Alice.

Ela esperou até que pensou estar ouvindo o Coelho bem debaixo da janela, abriu de repente a mão e fez um movimento de agarrar. Não conseguiu pegar nada, mas ouviu um gritinho estridente e uma queda, seguida de um estilhaçar de vidro, o que a fez concluir que o coelho devia ter caído sobre uma estufa de plantas, ou algo assim.

A voz furiosa do Coelho soou então:

— Pat! Pat! Onde está você?

E então uma voz que ela não ouvira antes:

— Estou aqui, claro! Cavando para procurar maçãs, doutor.

— Cavando maçãs! — bufou o Coelho, irritado. — Venha cá! Ajude-me a sair do meio *disso* aqui!

(Mais sons de vidros se partindo.)

— Agora me diga, Pat, o que é aquilo na janela?

— É um braço, com certeza, doutor! (Ele enrolava os erres ao falar.)

— Um braço, seu idiota? Quem já viu um braço daquele tamanho? Ele mal cabe na janela!

— Pois é, doutor. Mas continua sendo um braço.

— Bom, ele não deveria estar ali. Vá lá e tire-o!

A seguir, houve um longo silêncio, e Alice só conseguia ouvir alguns sussurros, como:

— Olha, doutor, não gosto disso, não. Nem um pouco!

— Obedeça minhas ordens, seu covarde!

Por fim, ela abriu a mão de novo, e mais uma vez fez um movimento de agarrar. Desta vez houve *dois* gritinhos e mais sons de vidros se quebrando.

"Deve haver muitas estufas!", pensou Alice. "Que será que vão fazer agora? Eles querem me tirar daqui pela janela, e como eu gostaria que pudessem! Só sei que *eu* não quero mais ficar aqui!

Ela esperou algum tempo sem escutar mais nada. Por fim, ouviu o som de rodas de madeira e a algazarra de várias vozes falando ao mesmo tempo. Ela conseguiu distinguir o que diziam:

— Onde está a outra escada? — Ué, eu só trouxe uma. Quem trouxe a outra foi Bill. — Bill, traga a escada aqui, rapaz... Isso, coloque-a neste canto... — Não, amarre uma na outra antes... mesmo assim não vai dar para alcançar nem metade da altura... — Não seja chato, vai dar para alcançar, sim... — Aqui, Bill, agarre esta corda... — Será que o telhado aguenta? — Cuidado com essa telha solta! — Ai, está caindo! Olha a cabeça, gente! (um estrondo forte) — Quem foi que fez isso? — Acho que foi Bill. — Quem vai descer pela chaminé? — Não, *eu* não vou! Vai você! — Eu não vou de jeito nenhum! —

Quem vai descer é Bill. — Viu, Bill? O patrão disse que é você quem vai descer pela chaminé.

— Ah, então esse tal Bill vai descer pela chaminé, hein? — disse Alice para si mesma. — Puxa, parece que eles jogam tudo nas costas de Bill! Eu não queria estar no lugar dele, nem que me pagassem. A lareira é bem estreita, claro, mas *acho* que consigo dar uns chutes!

Baixando o pé que estava na chaminé o mais que pôde, ela esperou até ouvir a criaturinha (e não fazia ideia que tipo de animal seria) se arrastando pelos tijolos por dentro da chaminé, pouco acima dela. E então, dizendo para si "Aí está Bill", deu um pontapé firme e esperou para ver o que acontecia.

Primeiro ouviu um coro de "Lá vai Bill!", e depois a voz do Coelho.

— Peguem-no, vocês aí perto da sebe!

Houve então um silêncio, e em seguida outra confusão de vozes.

— Levante a cabeça dele... — Agora o conhaque... — Não o afogue... — Como foi por lá, amigão? O que aconteceu com você? Conte tudo!

Afinal uma voz fraquinha e esganiçada soou ("É Bill", pensou Alice).

— Bom, não sei direito... Basta, obrigado, já me sinto melhor... mas estou nervoso demais para contar... Só sei que alguma coisa veio na minha direção como um boneco de mola, e lá fui eu pelos ares feito um foguete!

— E foi mesmo, amigão! — concordaram os demais.

— Precisamos colocar fogo na casa! — exclamou a voz do Coelho.

E Alice gritou o mais forte que pode.

— Se fizerem isso, mando Dinah atrás de vocês!

De imediato fez-se um silêncio mortal, e Alice perguntou-se "Que será que vão fazer agora? Se tivessem um pingo de inteligência, tirariam o telhado."

Depois de um ou dois minutos, eles começaram a se agitar de novo, e Alice ouviu o Coelho dizer:

— Para começar, um carrinho de mão cheio já é suficiente.

"Um carrinho de mão cheio de *quê?*", pensou Alice.

Mas não teve muito tempo para ficar intrigada, pois no instante seguinte uma chuva de pedrinhas atingiu a janela, e algumas delas acertaram seu rosto.

— Vou colocar um ponto final nessa história — disse para si, e então gritou — É melhor vocês não fazerem isso de novo.

O grito produziu outro silêncio mortal.

Alice notou, com certo espanto, que as pedrinhas se transformavam em bolos pequeninos ao caírem no piso, e teve uma ideia brilhante. "Se eu comer um desses bolos, com certeza meu tamanho vai mudar; e como não dá para me fazer crescer, vou ter que encolher, acho."

Assim, ela engoliu um dos bolos e, para sua felicidade, na mesma hora começou a encolher. Quando já estava pequena o bastante para passar pela porta, saiu correndo da casa.

Deu de cara com uma pequena multidão de aves e outros animais reunida do lado de fora. O pobre lagartinho Bill estava no meio de todos, sendo amparado por dois porquinhos-da-índia, que o faziam beber algo de uma garrafa. Correram todos na direção de Alice, assim que ela apareceu. Mas ela correu o mais depressa que podia, e logo viu-se sã e salva no interior de uma floresta densa.

— A primeira coisa que preciso fazer é crescer de novo até meu tamanho certo — disse para si, enquanto vagava pela floresta. — E a segunda é encontrar o caminho para aquele jardim tão lindo. Acho que é o melhor plano.

Parecia um plano excelente, sem dúvida, traçado com perfeição e facilidade. A única dificuldade era que Alice não fazia a menor ideia de como colocá-lo em ação. Enquanto olhava nervosa por entre as árvores, um latidinho decidido soou acima de sua cabeça, e ela sem demora ergueu o olhar.

Um enorme filhote de cachorro a olhava com grandes olhos redondos e, estendendo uma pata hesitante, tentou tocá-la.

— Pobre bichinho! — exclamou Alice com ternura, e tentou assobiar para ele.

Mas ao mesmo tempo sentia-se apavorada com a ideia de que o cachorrinho estivesse com fome. Nesse caso, haveria grande chance de ser devorada, por mais carinho que demonstrasse por ele.

Sem pensar bem no que fazia, Alice pegou um graveto e o levantou, mostrando-o ao cachorrinho. De imediato ele deu um salto, com um latidinho de alegria, correu para pegar o graveto e fez menção de abocanhá-lo. Alice correu, passando por trás de um grande cardo para não ser atropelada. Assim que apareceu do outro lado, o cachorrinho avançou de novo para pegar o graveto e, na pressa de agarrá-lo, virou uma cambalhota. Alice achou que era como brincar de pega-pega com um cavalo e, com medo de ser pisoteada a qualquer momento, de novo correu por trás do cardo.

O cachorrinho começou então uma série de ataques curtos ao graveto, avançando um pouquinho de cada vez e recuando bem para trás, sem parar de latir. Por fim, sentou-se a uma certa distância, ofegante, com a língua de fora e os grandes olhos quase fechados.

Alice achou que era uma boa oportunidade para fugir e, sem perda de tempo, saiu em disparada. Correu até ficar exausta e sem fôlego, e até que os latidos do cachorrinho mal se ouvissem na distância.

— Mas mesmo assim era um cachorrinho fofo! — disse Alice, encostando-se em um ranúnculo para descansar e abanando-se com uma de suas folhas. — Eu teria adorado ensinar alguns truques a ele, se... se eu tivesse o tamanho certo para fazer isso! Ah, céus! Quase me esqueci de que preciso crescer de novo! Vejamos... como vou fazer isso? Acho que tenho que comer ou beber algo, mas a grande pergunta é: o quê?

A grande pergunta era, de fato, o quê? Alice olhou ao redor, para as flores e para as touceiras de capim, mas não viu nada que parecesse a coisa certa para comer ou beber naquele momento. Havia um grande cogumelo bem pertinho, mais ou menos da altura dela. Depois de olhar debaixo dele, dos dois lados e atrás, achou que deveria olhar também o que havia em cima.

Ficou na ponta dos pés e espiou por cima da borda do cogumelo. Seu olhar encontrou o de uma grande lagarta azul, sentada ali de braços cruzados, tranquilamente fumando um narguilé e não dando a mínima nem para ela nem para nada.

Capítulo V

Conselho de uma Lagarta

A Lagarta e Alice se entreolharam em silêncio por algum tempo. Por fim, a Lagarta tirou o narguilé da boca e dirigiu-se a Alice com voz lânguida e sonolenta:

— Quem é *você*? — perguntou.

Não era um início de conversa muito animador. Alice respondeu, com timidez:

— No momento, senhora, eu nem saberia dizer... Pelo menos sei quem eu *era* quando acordei hoje de manhã, mas acho que fui trocada várias vezes desde então.

— Que quer dizer? — atalhou a Lagarta, seca. — Explique-se.

— Receio não poder *me* explicar, senhora, porque não sou eu mesma, entende?

— Não entendo — a Lagarta disse.

— Não consigo ser mais clara porque nem eu consigo entender — respondeu Alice, com muita educação. — E ter tantos tamanhos diferentes no mesmo dia é algo muito confuso.

— Não é — discordou a Lagarta.

— Bom, talvez você ainda não tenha tido a oportunidade de descobrir isso — disse Alice. — Mas quando se transformar em crisálida... e isso vai acontecer um dia, sabe?... E depois em borboleta, imagino que vai se sentir um pouco estranha, não é?

— Nem um pouco — respondeu a Lagarta.

— Bom, talvez você sinta de forma diferente — disse Alice. — Só sei que para *mim* pareceria bem estranho.

— Você! Quem é *você*? — exclamou a Lagarta, com desdém.

Isso as levou de volta ao início da conversa. Um tanto irritada com os comentários tão curtos da Lagarta, Alice aprumou o corpo e afirmou, muito séria:

— Acho que deve dizer primeiro quem você é.

— Por quê? — devolveu a Lagarta.

Era mais uma pergunta difícil. Alice não conseguiu pensar em nenhuma boa razão e, como a Lagarta parecia estar de *péssimo* humor, virou-se para ir embora.

— Volte! — chamou a Lagarta. — Tenho algo importante para dizer.

Aquilo parecia promissor, com certeza. Alice virou-se e retornou.

— Mantenha a calma — disse a Lagarta.

— É só isso? — perguntou Alice, tentando engolir a raiva.

— Não — respondeu a Lagarta.

Alice decidiu esperar, já que não tinha mais nada para fazer. No fim das contas, talvez a Lagarta dissesse algo que valia a pena ouvir.

A Lagarta fumou, calada, por alguns minutos. Então, descruzou os braços, mais uma vez tirou o narguilé da boca e disse:

— Quer dizer que você acha que está mudada?

— Receio que sim, senhora — respondeu Alice. — Não consigo me lembrar de coisas de que antes me lembrava... E não consigo ficar do mesmo tamanho por mais de dez minutos!

— De que coisas não se lembra?

— Tentei recitar "Oh, veja a pequenina abelha", mas saiu tudo diferente — respondeu Alice, numa voz muito melancólica.

— Recite "O senhor está velho, William, meu pai" — disse a Lagarta.

Alice uniu as mãos e começou:

Disse o filho a William, "Você é um velho arteiro.
Veja como já está branco seu cabelo!
Mas ainda planta bananeira o dia inteiro
Acha certo nessa idade fazê-lo?"

"Na juventude", respondeu William com empenho,
"Temia que o cérebro pudesse se avariar;

Mas agora sei que cérebro mesmo, não tenho,
E passo o dia inteiro de pernas pro ar."

"Você está velho", falou o jovem, "digo e repito,
E ficou tão gordo que causa espanto,
Mas sai de casa fazendo piruetas como um cabrito,
Diga-me, por favor, a razão para tanto."

"Quando jovem", disse o sábio, sacudindo a melena grisalha,
"Mantinha pernas e braços sempre rijos, na linha,
Com este unguento — tiro e queda, não falha!
Estou vendendo, aproveite, a caixa é baratinha."

"Velhos como você não conseguem comer", disse o moço,
"Qualquer coisa mais dura que banha.
Mas você traçou o ganso, triturou cada osso,
Como pode morder com essa força tamanha?"

"Na juventude", disse o pai, "sempre me exercitei,
em duelos verbais com minha esposa querida.
A força mandibular que desta forma ganhei
Durou para sempre, pelo resto da vida."

"Você está velho", disse o jovem com voz intrigada.
"Quem diria que está firme como um rapaz.

Manter uma enguia, na ponta do nariz equilibrada...
O que é que o torna assim tão capaz?"

"Respondi três questões, já é o bastante."
Disse o pai. "Não faça essa cara de escracho,
Não tenho tempo para ouvir tanto desplante,
Caia fora, ou lhe chuto escada abaixo!"[18]

— Você não recitou certo — afirmou a Lagarta.

— É, não recitei *muito* certo — respondeu Alice, tímida. — Algumas palavras saíram trocadas.

— Você recitou errado do começo ao fim — retrucou a Lagarta com firmeza, e o silêncio se instalou por alguns minutos.

A Lagarta foi a primeira a falar.

— De que tamanho você quer ser? — perguntou.

— Ah, não tenho nenhuma preferência — Alice respondeu depressa. — Só precisa ser um tamanho que não fique mudando tantas vezes, sabe?

— Eu *não* sei — respondeu a Lagarta.

Alice não disse nada. Nunca tinha sido tão contrariada na vida antes, e sentiu que começava a perder a paciência.

18. Desta vez, Lewis Carroll parodiou um poema insípido e moralizante ("Os confortos do homem idoso e como ele os obteve"), de Robert Southey (1774-1843), autor e poeta hoje quase esquecido. A variada obra de Southey inclui a versão que depois se popularizou de *Cachinhos Dourados e os três ursos, e uma História do Brasil, publicada em três volumes,* entre 1810 e 1819. [N. T.]

— O tamanho atual a satisfaz? — a Lagarta perguntou.

— Bom, eu gostaria de ser um pouquinho maior, se a senhora não se importasse — Alice respondeu. — Oito centímetros não é uma altura muito boa.

— Na verdade, é uma altura muito boa, sim! — exclamou a Lagarta, irritada, erguendo-se muito ereta ao falar (ela media exatamente oito centímetros de altura).

— Mas não estou acostumada com ela! — queixou-se Alice. E pensou, "Como eu queria que essas criaturas não se ofendessem com tanta facilidade!"

— Com o tempo você se acostuma — disse a Lagarta.

E, levando o narguilé à boca, voltou a fumar.

Desta vez, Alice esperou pacientemente até que ela decidisse falar. Daí um minuto ou dois, a Lagarta baixou o narguilé, deu dois bocejos e se sacudiu. Então desceu do cogumelo e rastejou para longe por entre a grama, dizendo apenas:

— Um lado dele fará você ficar mais alta e o outro fará você ficar mais baixa.

"Um lado do quê? O outro lado do quê?", pensou Alice.

— Do cogumelo — disse a Lagarta, como se Alice tivesse perguntado em voz alta, e no instante seguinte desapareceu de vista.[19]

---

19. Segundo Gardner (2000), a Lagarta realmente teria lido a mente de Alice. Carroll acreditava em fenômenos psíquicos como a telepatia. [N. T.]

Alice ficou por um momento olhando pensativa para o cogumelo, tentando descobrir quais eram os dois lados dele. Como ele era perfeitamente circular, a questão era muito difícil. No entanto, finalmente, ela estendeu os braços ao redor dele, o máximo que pode, e partiu um pedaço da borda com cada mão.

— E agora, qual é qual? — disse para si mesma.

Então deu uma mordidinha no pedaço que segurava na mão direita, para ver o que acontecia. No instante seguinte, sentiu uma pancada violenta sob o queixo, que se chocara contra o pé dela!

Alice ficou muito assustada com essa alteração repentina e percebeu que não podia perder tempo, pois estava encolhendo depressa. Tentou então morder o outro pedaço, mas seu queixo pressionava o pé com tanta força que mal dava para abrir a boca. Por fim, conseguiu e engoliu um pouco do pedaço que tinha na mão esquerda.

•••

— Ufa, consegui soltar a cabeça! — exclamou Alice, num tom de alegria que se transformou em alarme no instante seguinte, quando notou que não conseguia ver os ombros; tudo que conseguia enxergar, quando olhava para baixo, era uma vasta extensão de pescoço, que parecia erguer-se como uma haste por entre um mar de folhas verdes, que se estendia muito abaixo dela.

— O que será toda essa coisa verde? — disse. — E *onde* foram parar meus ombros? E, oh, minhas pobres mãozinhas, por que é que não consigo vê-las?

Ela agitava as mãos enquanto falava, mas não conseguia ver qualquer resultado, exceto um pequeno farfalhar entre as folhas verdes tão distantes.

Como parecia ser impossível erguer as mãos até a cabeça, ela tentou baixar a cabeça até elas, e ficou feliz ao descobrir que seu pescoço podia se curvar com facilidade em qualquer direção, como uma serpente. Ela acabava de curvá-lo para baixo, em um zigue-zague gracioso, e ia mergulhar entre as folhas — que não eram mais do que as copas das árvores sob as quais ela estivera vagueando —, quando um ruído agudo a fez recuar de repente: uma grande Pomba voou de encontro ao rosto dela, desferindo golpes violentos com as asas.

— Serpente! — berrou a Pomba.

— *Não sou* uma serpente! — exclamou Alice, indignada. — Me deixe em paz!

— Serpente, repito! — insistiu a Pomba, agora num tom mais moderado, e adicionou, num lamento, — Tentei de tudo, mas com elas nada adianta!

— Não faço a mínima ideia do que você está falando! — disse Alice.

— Tentei as raízes das árvores, tentei barrancos e tentei sebes — prosseguiu a Pomba, sem dar-lhe atenção. — Mas as serpentes... Nada agrada às serpentes!

Alice estava cada vez mais intrigada, mas achou que não adiantava dizer mais nada até que a Pomba tivesse terminado.

— Como se já não fosse uma trabalheira chocar os ovos — disse a Pomba. — Ainda preciso ficar de olho nas serpentes noite e dia! Céus, não consegui dormir nem um minuto nessas três semanas!

— Eu sinto muito por você estar tão aborrecida — disse Alice, que começava a compreender a situação.

— E aí, quando me instalo na árvore mais alta da floresta... — prosseguiu a Pomba, agora num grito esganiçado —... e quando acho que finalmente estou livre dessas pragas, o que elas fazem? Despencam do céu, se contorcendo! Oras, Serpente!

— Mas eu *não sou* uma serpente, já disse! — protestou Alice. — Eu sou... sou...

— Muito bem, *o que* você é? — indagou a Pomba. — Posso ver que está tentando inventar algo!

— Eu sou... sou uma garotinha — disse Alice, meio na dúvida, pensando na quantidade de mudanças pelas quais passara ao longo daquele dia.

— Não me venha com histórias! — retrucou a Pomba, com o mais profundo desprezo. — Já vi um bocado de garotinhas na minha vida, mas *nunca* vi nenhuma com um pescoço desses! Não, não! Você é uma serpente, não adianta negar. Aposto que, a seguir, você vai dizer que nunca comeu ovos na vida!

— É claro que já — respondeu Alice, que era uma criança honesta. — Mas garotinhas também comem ovos, assim como as serpentes, sabe?

— Não acredito em você — disse a Pomba. — Mas se as garotinhas realmente comem ovos, então elas são um tipo de serpente, na minha opinião.

Aquela ideia pareceu tão peculiar a Alice, que ela ficou em silêncio por um instante. Isso deu à Pomba a oportunidade de acrescentar:

— Você está procurando ovos, sei muito bem. E para mim não faz diferença se é uma garotinha ou uma serpente.

— Para *mim* faz muita diferença — protestou Alice. — Mas o fato é que não estou procurando ovos. E se estivesse, não ia querer os *seus*. Não gosto de ovos crus.

— Pois então suma! — disse a Pomba, rabugenta, enquanto se acomodava de novo em seu ninho.

Alice abaixou-se entre as árvores da melhor forma que pôde, pois seu pescoço enroscava o tempo todo nos galhos, e a cada tanto ela precisava parar e soltá-lo. Depois de algum tempo, lembrou-se de que ainda segurava nas mãos os pedaços do cogumelo. Com muita cautela, passou a mordiscar primeiro um e depois o outro, aumentando e diminuindo de tamanho até conseguir voltar à sua altura normal.

Fazia tanto tempo que ela não chegava nem perto de seu tamanho certo, que no começo estranhou um pouco. Mas se acostumou em minutos e, como sempre, começou a conversar consigo mesma.

— Bom, metade de meu plano já deu certo. Como todas essas mudanças me confundem! Nunca sei o que vou ser, de um minuto para o outro! Mas voltei ao tamanho certo. Agora preciso chegar àquele jardim tão lindo. Mas como?

Assim que disse isso, ela chegou a uma clareira, onde havia uma casinha com cerca de um metro e vinte de altura.

"Quem quer que sejam os moradores, não é bom que me dirija a eles com *este* tamanho. Ficariam aterrorizados", pensou.

Assim, ela começou a mordiscar o pedaço da mão direita, e só foi até a casa depois de ter reduzido sua altura a vinte centímetros.

Capítulo VI

Porco e pimenta

Ela ficou ali parada por um instante, olhando a casa e pensando o que fazer, quando, de repente, um criado de uniforme pomposo, com botões e cordões dourados, veio correndo da floresta (Alice achou que era um criado porque estava com aquele uniforme; se fosse só pela cara dele, ela diria que era um peixe) e bateu com força na porta. Quem atendeu foi outro criado uniformizado, de rosto redondo e olhos grandes como os de uma rã. Ambos usavam, notou Alice, perucas brancas encaracoladas e empoadas. Ela ficou curiosa para saber o que acontecia e foi até a borda da floresta para ouvir.

O Criado-Peixe tirou de baixo do braço uma carta enorme, quase tão grande quanto ele mesmo, e entregou-a ao outro, dizendo, em tom solene:

— Para a Duquesa. É um convite da Rainha para jogar *croquet*[20].

O Criado-Sapo repetiu, no mesmo tom solene, apenas mudando um pouco a ordem das palavras:

— Da Rainha. É um convite à Duquesa para jogar *croquet*.

---

20. O *croquet*, ou croqué, é um jogo que consiste em golpear bolas de madeira ou de plástico com um taco em forma de martelo, para fazê-las passar por arcos fixados no campo de jogo. Durante a década de 1860 popularizou-se como passatempo na Inglaterra, e era moda quando Carroll escreveu *Alice* [N. T.]

Ambos fizeram uma profunda reverência, e os cachos de suas perucas se enroscaram uns nos outros.

Alice riu tanto por causa disso que precisou voltar correndo para a floresta, receando que a ouvissem. Quando olhou de novo, o Criado-Peixe tinha ido embora e o outro estava sentado no chão, ao lado da porta, olhando para o céu com ar abobado.

Alice foi timidamente até a porta e bateu.

— Nem adianta bater — disse o Criado. — Por dois motivos. Primeiro, porque estou do mesmo lado da porta que você. Segundo, porque estão fazendo tanto barulho lá dentro que ninguém vai ouvir.

E, de fato, lá de dentro vinha uma barulheira impressionante — um berreiro constante, um espirro atrás do outro e, a cada tanto, um estrépito forte, como se um prato ou um bule tivesse sido feito em pedaços.

— Por favor, então como vou entrar? — perguntou Alice.

— Faria algum sentido você bater se a porta estivesse entre nós dois — prosseguiu o Criado, sem responder. — Por exemplo, se você estivesse do lado de *dentro*, poderia bater e eu a deixaria sair, sabe?

Enquanto falava, ele olhava para cima o tempo todo, e Alice decidiu que aquilo era decididamente uma falta de educação.

"Quem sabe ele não consegue evitar", pensou. "Os olhos dele estão *quase* no alto da cabeça. Mas de qualquer forma, talvez responda a minhas perguntas."

— Como vou entrar? — ela repetiu, em voz alta.

— Vou ficar sentado aqui... — observou o Criado —... até amanhã...

Nesse momento, a porta da casa se abriu e uma grande travessa veio voando, bem na direção da cabeça do Criado, passou raspando por seu nariz e se espatifou contra uma das árvores que havia atrás dele.

— ... ou quem sabe até depois de amanhã — concluiu ele, no mesmo tom, como se absolutamente nada tivesse acontecido.

— Como vou entrar? — Alice perguntou mais uma vez, mais alto.

— Você precisa *mesmo* entrar? — indagou o Criado. — Essa é a primeira pergunta a ser feita, sabe.

E de fato era, sem sombra de dúvida, mas Alice não gostou que ele lhe dissesse isso.

— Que horror o jeito como todas estas criaturas gostam de discutir — murmurou para si. — É de enlouquecer!

O Criado pareceu achar que era um bom momento para repetir seu comentário, com variações:

— Vou ficar sentado aqui, por dias e dias.

— Mas o que *eu* vou fazer? — perguntou Alice.

— Faça o que quiser — o Criado respondeu, e começou a assobiar.

— Ah, não adianta falar com ele — exclamou Alice, exasperada. — É um perfeito idiota!

Então ela abriu a porta e entrou.

A porta dava para uma grande cozinha, enfumaçada de uma ponta a outra. A Duquesa estava sentada em um banquinho de três pés no meio do aposento, embalando um bebê. A cozinheira debruçava-se sobre o fogo, mexendo um grande caldeirão que parecia estar cheio de sopa.

— Com certeza há pimenta demais nessa sopa! — disse Alice para si mesma, da melhor forma que pôde, entre um espirro e outro.

Com certeza havia pimenta demais no ar. Até a Duquesa dava um ou outro espirro. Quanto ao bebê, ele alternava espirros e berros, sem pausa. As duas únicas criaturas ali na cozinha que não espirravam eram a cozinheira e um grande gato que, sentado diante da lareira, sorria de orelha a orelha.

— Por favor, poderia dizer por que seu gato sorri desse jeito? — Alice perguntou, com certa timidez, sem saber se seria educado da parte dela ser a primeira a falar.[21]

— É um gato de Cheshire[22] — disse a Duquesa. — Eis por quê. Porco!

---

21. Até os dias de hoje, a etiqueta do Reino Unido exige que uma pessoa "do povo" nunca dirija a palavra a um membro da nobreza sem que este tenha iniciado a conversa. [N. T.]

22. A expressão "sorrir como um Gato de Cheshire", que significa dar um sorriso largo, era comum na época de Carroll. Sua origem é desconhecida, mas há teorias curiosas: segundo uma delas, os gatos de Cheshire seriam sorridentes devido ao grande número de fazendas leiteiras na região e à fartura de leite; segundo outra teoria, os queijos de Cheshire seriam moldados na forma de um gato sorridente; uma terceira diz que as placas de estalagem da região exibiam leões sorridentes, que o povo chamava de "gatos". A inspiração de Lewis Carroll para criar o personagem pode ter vindo de alguma escultura representando um gato sorridente; existem entalhes assim em várias igrejas em que ele pode ter estado. [N. T.]

A Duquesa disse esta última palavra com uma violência tão repentina que Alice deu um pulo. Mas ela logo percebeu que a exclamação fora dirigida ao bebê, não a ela. Assim, tomou coragem e disse:

— Eu não sabia que os gatos de Cheshire sorriam tanto. Na verdade, eu nem sabia que gatos *conseguiam* sorrir.

— Todos conseguem sorrir — respondeu a Duquesa. — E a maioria o faz.

— Não sei de nenhum gato que sorri — disse Alice com muita educação, sentindo-se satisfeita por ter conseguido estabelecer uma conversa.

— Você não sabe muita coisa — observou a Duquesa. — E isto é um fato.

Alice não gostou nem um pouco do tom daquele comentário, e achou que seria melhor mudar o tema da conversa. Enquanto tentava encontrar algum assunto, a cozinheira tirou o caldeirão do fogo, e em seguida passou a jogar na Duquesa e no bebê qualquer coisa que estivesse ao seu alcance. Primeiro, foram os atiçadores de fogo. Então, veio uma saraivada de caçarolas, pratos e travessas. A Duquesa não lhes deu qualquer atenção, mesmo quando acertavam nela. E o bebê já berrava tanto antes que era impossível saber se os golpes doíam ou não.

— Oh, por favor, cuidado com o que está fazendo! — gritou Alice, dando pulinhos, aterrorizada. — Oh, lá se vai o narizinho tão lindo dele — exclamou, quando uma panela de tamanho descomunal passou raspando pelo nariz do bebê e quase o arrancou fora.

— Se todo mundo cuidasse da própria vida... — disse a Duquesa, num grunhido rouco —... o mundo giraria bem mais depressa.

— Mas isso não seria vantagem *nenhuma* — retrucou Alice, muito feliz com a oportunidade de exibir um pouco de seu conhecimento. — Imagine o que iria acontecer com o dia e com a noite! Pois a Terra leva vinte e quatro horas para girar em torno de seu eixo e não seria possível encurtar...

— Falando em cortar... — disse a Duquesa. — Cortem-lhe a cabeça!

Alice lançou um olhar preocupado à cozinheira, para ver se ela pretendia obedecer, mas a cozinheira estava muito concentrada mexendo a sopa, e parecia nem ter ouvido. De modo que Alice prosseguiu:

— São vinte e quatro horas, *acho*. Ou serão doze? Eu...

— Ora, não me incomode — disse a Duquesa. — Nunca suportei números!

E voltou a embalar o bebê, cantando algo parecido com uma canção de ninar e sacudindo a criança com violência ao final de cada verso:

"Com o bebê grite bastante
E bata nele quando espirra,
Ele sabe que é irritante
E faz isso só de birra."

REFRÃO

(Ao qual se juntavam a cozinheira e o bebê)

Uau! Uau! Uau!

Enquanto cantava a segunda estrofe da música, a Duquesa continuava sacudindo o bebê com força, para cima e para baixo, e o pobrezinho berrava tanto que Alice mal conseguia entender a letra:

"Sou sempre ríspida com meu garoto,
Vou bater nele sempre que espirrar
Para que aprecie com mais gosto
A pimenta, sempre que desejar!"

REFRÃO

Uau! Uau! Uau![23]

— Tome, se quiser pode embalar um pouco meu bebê — disse a Duquesa para Alice, jogando-lhe a criança enquanto falava. — Preciso me aprontar para jogar *croquet* com a Rainha.

23. Paródia do poema "Fale suavemente", de autoria incerta e hoje esquecido. As duas estrofes originais, em tradução livre, são: "Fale suavemente com a criança! / Cujo amor certamente ganhará; / Ensine-lhe com voz suave e calma; / ela pode não durar muito / Fale suavemente com os jovens, pois eles / Logo terão muito o que suportar / Por melhor que possam viver a vida, / Ela é cheia de preocupações e ansiedades." [N. T.]

E saiu apressada da cozinha. A cozinheira atirou uma frigideira na direção dela, errando o alvo por um triz.

Alice pegou o bebê com alguma dificuldade, pois a criatura tinha uma forma esquisita, com braços e pernas esticados para todos os lados, "igual a uma estrela-do-mar", pensou Alice. O coitado bufava como uma maria-fumaça quando ela o pegou, e não parava de dobrar e endireitar o corpo. No começo, Alice lutou para conseguir segurá-lo.

Assim que encontrou um modo conveniente de manter o bebê no colo (que era torcendo-o em uma espécie de nó e segurando com firmeza a orelha direita e o pé esquerdo dele, para evitar que se endireitasse), Alice saiu da casa com ele.

— Se eu não levar esta criança comigo, — disse para si —, com certeza vão matá-la em um ou dois dias. Não seria assassinato deixá-la aqui?

Ela falou em voz alta as últimas palavras, e a criaturinha grunhiu em resposta (por essa altura, havia parado de espirrar).

— Não resmungue — disse Alice. — Não é nada educado expressar-se assim.

O bebê grunhiu de novo, e Alice olhou preocupada o rosto dele, tentando ver qual seria o problema. Não havia dúvida de que o nariz dele era arrebitado *demais* e que mais parecia um focinho do que um nariz de verdade. Ainda, os olhos estavam ficando pequenos demais para serem de um bebê. Alice não estava gostando nada daquilo.

"Mas quem sabe ele só estava chorando", pensou, e de novo olhou os olhos dele, para ver se havia lágrimas.

Não, não havia.

— Se você vai se transformar em um porco, meu caro... — disse Alice, muito séria —...não quero mais saber de você. Pense bem!

O pobrezinho choramingou de novo (ou grunhiu, era impossível saber) e seguiram em frente, calados, por algum tempo.

Alice estava começando a pensar "Caramba, que vou fazer com esta criatura quando chegar em casa?" quando ele grunhiu de novo, com tanta violência que ela baixou os olhos para o rosto dele, alarmada. Desta vez não havia engano possível. Ele não era nada mais, nada menos que um porco, e ela viu que seria absurdo continuar carregando-o no colo.

Assim, colocou a criaturinha no chão e ficou aliviada quando o porquinho saiu trotando em silêncio rumo à floresta.

"Se tivesse crescido", disse a si mesma, "viraria uma criança horrorosa. Mas como porco, me parece bem elegante." E começou a pensar em outras crianças que conhecia que poderiam dar ótimos porcos. Dizia para si "se desse para descobrir como transformá-los...", quando levou um pequeno susto. O Gato de Cheshire estava sobre um galho de árvore, a poucos metros de distância.

O Gato sorriu ao ver Alice. Parecia amável, ela pensou. Mas tinha garras *muito* longas e dentes demais, de modo que achou melhor tratá-lo com respeito.

— Senhor Felino de Cheshire — ela disse, timidamente, pois não sabia se ele gostaria de ser chamado assim.

No entanto, o Gato apenas ampliou seu sorriso. "Bom, por enquanto ele está gostando", pensou Alice, e prosseguiu:

— Poderia me dizer, por favor, em que direção devo ir?

— Depende muito de aonde você quer ir — respondeu ele.

— Não me importa muito aonde... — disse Alice.

— Então não importa que direção tomar — disse o Gato.

—... desde que eu chegue a *algum* lugar — explicou Alice.

— Ah, mas com certeza vai chegar, é só caminhar o suficiente — disse o Gato.

Alice percebeu que aquilo era inegável e tentou uma outra pergunta:

— Como são as pessoas que moram nestas redondezas?

— *Naquela* direção vive um Chapeleiro — o Gato disse, acenando com a pata direita. Em seguida, acenou com a pata esquerda — e *naquela* direção mora uma Lebre de Março. Visite quem você preferir. Os dois são loucos.[24]

— Mas não quero ter contato com gente louca — protestou Alice.

---

24. Carroll criou os dois personagens inspirado nas expressões populares do inglês "louco como um chapeleiro" e "louco como uma lebre de março", usadas até hoje. A primeira tem origem no fato de que, à época, os chapeleiros, muitas vezes, eram vítimas de confusão mental, perturbações emocionais e até demência, decorrentes de envenenamento pelo mercúrio usado na fabricação de feltro. A segunda vem da crença difundida na Grã-Bretanha de que em março as lebres "enlouquecem" e fazem coisas estranhas, como boxear entre si e dar saltos inesperados. Tais comportamentos, porém, estão associados à reprodução (por exemplo, fêmeas que não estão prontas para acasalar "boxeiam" para afastar os machos insistentes) e ocorrem durante toda a estação reprodutiva, que se estende de fevereiro a setembro. [N. T.]

— Ah, mas você não pode evitar — retrucou o Gato. — Somos todos loucos aqui. Eu sou louco. Você é louca.

— Como você sabe que sou louca? — perguntou Alice.

— Deve ser, ou não teria vindo para cá — respondeu o Gato.

Alice não acreditou que aquilo provasse nada, e prosseguiu:

— E como você sabe que você mesmo é louco?

— Para começar... — disse o Gato —... um cão não é louco. Concorda?

— Acho que sim — disse Alice.

— Muito bem — prosseguiu o Gato. — Você sabe que um cão rosna quando está bravo e abana o rabo quando está feliz. Pois *eu* rosno quando estou feliz e abano o rabo quando estou bravo. Portanto, sou louco.

— Para *mim*, os gatos não rosnam, eles ronronam.

— Chame como quiser — disse o Gato. — Vai jogar *croquet* com a Rainha hoje?

— Eu gostaria muito. Mas ainda não fui convidada.

— Vai me ver lá — disse o Gato, e desapareceu.

Alice não se surpreendeu muito com isso. Estava ficando acostumada com coisas estranhas acontecendo. Olhava para o ponto onde o Gato estivera, quando ele reapareceu de repente.

— Aliás, o que aconteceu com o bebê? — indagou. — Quase esqueci de perguntar.

— Ele virou um porco — Alice respondeu baixinho, como se o Gato tivesse retornado de um jeito natural.

— Achei que viraria — comentou o Gato, e voltou a desaparecer.

Alice esperou um pouco, achando que talvez o visse de novo, mas ele não reapareceu. Passados um ou dois minutos, ela foi na direção em que vivia a Lebre de Março.

— Já vi chapeleiros antes — disse para si. — A Lebre de Março vai ser muito mais interessantíssima, e como estamos em maio talvez ela não esteja tão louca... pelo menos não tão louca quanto estava em março.

Ao dizer isso, ela olhou para cima e lá estava o Gato de novo, sobre um galho de árvore.

— Você disse porco ou coco? — indagou ele.

— Eu disse porco — respondeu Alice. — E eu gostaria que você não ficasse aparecendo e desaparecendo tão de repente. Isso deixa a gente zonza.

— Tudo bem — disse o Gato.

E dessa vez ele desapareceu bem devagar, começando pela ponta da cauda e terminando com o sorriso, que permaneceu por algum tempo depois do resto ter sumido.

"Ora, já vi muitas vezes um gato sem um sorriso," pensou Alice, "mas nunca vi um sorriso sem um gato! É a coisa mais curiosa que já vi em toda a minha vida!"

Alice não havia andado muito quando avistou a casa da Lebre de Março. Ela supôs que fosse a casa dela, porque as chaminés tinham formato de orelhas e o telhado não era de palha, mas de pele. A casa era tão grande que ela não quis se aproximar sem antes mordiscar o pedaço de cogumelo da mão esquerda, crescendo até uns sessenta centímetros de altura. Mesmo assim aproximou-se cheia de timidez, dizendo para si:

— Ela deve ser realmente louca! Quem sabe eu devia ter ido visitar o Chapeleiro!

Capítulo VII

Um chá maluco

Havia uma mesa posta sob uma árvore na frente da casa, junto à qual a Lebre de Março e o Chapeleiro tomavam chá. Um Arganaz[25] estava sentado entre eles, num sono profundo, e ambos o usavam como almofada, apoiando nele os cotovelos e conversando por cima de sua cabeça.

"Parece muito desconfortável para o Arganaz", pensou Alice. "Mas ele está dormindo, acho que nem liga."

A mesa era grande, mas os três estavam amontoados a um canto.

— Lotado! Lotado! — gritaram, ao verem Alice se aproximando.

— Mas tem *muito* lugar! — respondeu Alice, indignada, e sentou-se em uma enorme poltrona numa ponta da mesa.

— Tome um pouco de vinho — disse a Lebre de Março, encorajando-a.

Alice olhou toda a mesa, mas não havia nada sobre ela, exceto chá.

— Não estou vendo vinho algum — observou.

— É que não há — disse a Lebre.

---

25. O arganaz é um pequeno roedor silvestre da Grã-Bretanha, de pelagem castanho-dourada, olhos negros e cauda peluda. É mais comum vê-lo adormecido do que acordado, pois é noturno, e passa o dia dormindo. Daí o nome em inglês, *dormouse, derivado do latim dormire. Além disso, ele hiberna durante toda a época fria do hemisfério norte, de outubro a abril.* [N. T.]

— Não foi muito educado de sua parte oferecer — esbravejou Alice.

— Não foi muito educado de sua parte sentar-se sem ser convidada — retrucou a Lebre.

— Eu não sabia que a mesa era *sua* — protestou Alice. — Ela está preparada para muito mais do que três pessoas.

— Você está precisando cortar o cabelo — disse o Chapeleiro. Ele estivera olhando para Alice com grande curiosidade, e foi a primeira coisa que disse.

— Você deveria aprender a não fazer comentários pessoais — censurou-o Alice, com uma certa severidade. — Isso é muito grosseiro.

O Chapeleiro arregalou os olhos ao ouvir isso, mas tudo o que disse foi:

— Por que um corvo é como uma escrivaninha?

"Oba, agora vamos nos divertir um pouco!", pensou Alice. "Que bom que começaram a fazer charadas."

— Acho que consigo adivinhar essa — acrescentou, em voz alta.

— Você quer dizer que pensa que pode descobrir a resposta à pergunta? — indagou a Lebre.

— Exatamente — respondeu Alice.

— Então, ao falar, diga exatamente o que quer dizer — prosseguiu a Lebre.

— Foi o que fiz — respondeu Alice, às pressas. — Pelo menos, quero dizer exatamente o que digo. É a mesma coisa, sabe?

— Não é a mesma coisa, de forma alguma! — retrucou o Chapeleiro. — Você bem que diria que "Vejo o que como" é a mesma coisa que "Como o que vejo"!

— E você também diria que "Gosto daquilo que recebo" é a mesma coisa do que "Recebo aquilo de que gosto"! — completou a Lebre

— E também diria que "Respiro enquanto durmo" é a mesma coisa que "Durmo enquanto respiro" — acrescentou o Arganaz, que parecia falar dormindo.

— No seu caso, é a mesma coisa — disse o Chapeleiro.

E então a conversa morreu, e todos ficaram em silêncio por um momento, enquanto Alice repassava mentalmente tudo o que conseguia se lembrar sobre corvos e escrivaninhas, o que não era muito.

O Chapeleiro foi o primeiro a romper o silêncio.

— Que dia do mês é hoje? — perguntou, voltando-se para Alice.

Ele havia tirado o relógio do bolso e olhava-o nervoso, chacoalhando-o a cada tanto e levando-o à orelha.

Alice pensou um pouco e respondeu:

— É dia quatro.[26]

— Está dando dois dias de diferença — suspirou o Chapeleiro. — Eu lhe disse que a manteiga não ia dar certo — acrescentou, olhando irritado para a Lebre de Março.

26. Portanto, a história se passa no dia 4 de maio (Alice revelou o mês no capítulo anterior), que, não por coincidência, é a data de aniversário de Alice Liddell. [N. T.]

— Era manteiga da *melhor* qualidade — respondeu a Lebre, baixinho.

— Sim, mas algumas migalhas devem ter ido junto — resmungou o Chapeleiro. — Você não devia ter passado a manteiga com a faca de cortar pão.

A Lebre pegou o relógio e examinou-o, mal-humorada. Então mergulhou-o em sua xícara de chá, voltando a examiná-lo a seguir, mas não conseguiu pensar em nada melhor para dizer do que seu primeiro comentário:

— Era manteiga da *melhor* qualidade, sabe?

Alice estivera olhando por cima do ombro dela com certa curiosidade.

— Que relógio engraçado! — observou. — Ele diz o dia do mês, mas não mostra que hora é!

— E por que deveria? — murmurou o Chapeleiro. — O *seu* relógio diz que ano é?

— É claro que não! — respondeu Alice prontamente. — Mas é porque ele fica no mesmo ano durante muito tempo.

— Pois é exatamente o que acontece com o *meu* — concluiu o Chapeleiro.

Alice sentiu-se terrivelmente confusa. O comentário do Chapeleiro parecia não fazer qualquer sentido, embora ele com certeza estivesse falando a mesma língua que ela.

— Acho que não entendi bem — disse ela, com a maior educação possível.

— O Arganaz dormiu de novo — disse o Chapeleiro, e despejou um pouco de chá quente no nariz dele.

O Arganaz sacudiu a cabeça, impaciente, e disse, sem abrir os olhos:

— Claro, claro. Era exatamente o que eu ia dizer.

— Você já adivinhou a charada? — disse o Chapeleiro, virando-se para Alice de novo.

— Não, eu desisto — ela disse. — Qual é a resposta?

— Não faço a menor ideia — respondeu o Chapeleiro.

— Eu também não — disse a Lebre.

Alice deu um grande suspiro e disse:

— Acho que vocês poderiam usar melhor o tempo, em vez de jogá-lo fora com charadas sem resposta.[27]

— Se você conhecesse o Tempo tão bem quanto eu, não falaria em jogá-lo fora, como se fosse uma *coisa*. Ele é *alguém*.

— Não sei do que você está falando — disse Alice.

— Claro que não sabe! — exclamou o Chapeleiro, jogando a cabeça para trás com desdém. — Aposto que nunca sequer falou com o Tempo!

---

27. De fato, quando o livro foi publicado, essa charada não tinha resposta, mas os leitores exigiram uma solução, e Carroll mais tarde forneceu uma: "porque ele pode produzir algumas notas, embora sejam muito chatas; e ele nunca é colocado com a ponta errada para a frente." Até hoje as pessoas fornecem suas próprias respostas para essa charada. Um exemplo é a inspirada solução dada pelo charadista Samuel Loyd: "Porque Edgar Allan Poe escreveu sobre ambos". Talvez a mais *nonsense seja a do famoso autor Aldous Huxley, "Porque há um 'b' em ambos e um 'n' em nenhum". [N. T.]*

— Talvez não — respondeu Alice, com cautela. — Mas sei que, nas aulas de música, preciso marcar o tempo, batendo com as mãos.

— Ah, então é isso — disse o Chapeleiro. — Ele não suporta que batam nele. Bem, se você tivesse mantido uma boa relação com o Tempo, ele faria com o relógio praticamente qualquer coisa que você quisesse. Por exemplo, suponha que sejam as nove da manhã, hora do início da aula. Você só precisaria sussurrar um pedido ao Tempo, e lá vão os ponteiros do relógio girando, num piscar de olhos! Uma e meia da tarde, hora do almoço!

— Bem que eu queria que fosse — disse baixinho a Lebre, para si mesma.

— Seria incrível, sem dúvida — disse Alice, pensativa. — Mas... eu ainda não teria fome nem vontade de almoçar, sabe?

— Talvez não no começo — disse o Chapeleiro. — Mas você poderia permanecer na uma e meia da tarde quanto tempo quisesse.

— É assim que *você* faz? — Alice perguntou.

O Chapeleiro sacudiu a cabeça, pesaroso.

— Eu não! — respondeu. — O Tempo e eu discutimos em março passado... Foi um pouquinho antes que ela ficasse maluca, sabe? — ele apontou sua colher de chá para a Lebre de Março. — Foi no grande concerto dado pela Rainha de Copas, onde eu tive que cantar:

"Brilha, brilha, morceguinho!
Qual será o seu caminho?"

— Talvez você conheça essa música...

— Já ouvi alguma coisa parecida — Alice respondeu.

— Ela continua, sabe? — prosseguiu o Chapeleiro. — É assim:

"Você voa lá no céu,
Chacoalhando seu chapéu.
Brilha, brilha..."[28]

Nesse ponto, o Arganaz começou a falar, dormindo, "*Brilha, brilha, brilha, brilha...*", e prosseguiu por tanto tempo que tiveram que beliscá-lo para que se calasse. O Chapeleiro prosseguiu;

— Bom, eu tinha acabado de cantar o primeiro verso, quando a Rainha se levantou de um salto e gritou "Ele está assassinando o tempo![29] Cortem-lhe a cabeça!"

— Que coisa mais selvagem! — exclamou Alice.

— E desde então ele não atende a nenhum pedido meu! — prosseguiu o Chapeleiro, em tom lamentoso. — Agora é sempre seis da tarde.

---

28. A paródia aqui é do poema da poetisa Jane Taylor, *The Star, publicado em1806 e mais conhecido como Twinkle, Twinkle, Little Star. Há várias traduções para o português, com o título de Brilha, brilha, estrelinha.* [N. T.]

29. Aqui há um trocadilho. Em música, *tempo é a velocidade com que uma obra é executada.* [N. T.]

Uma ideia brilhante ocorreu a Alice, que perguntou:

— É por isso que há tantos lugares postos à mesa para o chá?

— Sim, isso mesmo — disse o Chapeleiro, suspirando. — É sempre hora do chá, e não temos tempo para lavar nada nos intervalos.

— Então vocês ficam trocando de lugar ao redor da mesa, suponho?

— Exatamente — respondeu o Chapeleiro. — À medida que as coisas vão sendo usadas.

— Mas o que acontece quando vocês chegam de novo ao início?

— Que tal mudarmos de assunto? — interrompeu a Lebre, bocejando. — Estou ficando cansada dessa conversa. Sugiro que esta jovem nos conte uma história.

— Receio não conhecer nenhuma — disse Alice, um tanto alarmada com a proposta.

— Então quem vai contar é o Arganaz — gritaram juntos o Chapeleiro e a Lebre. — Acorde, Arganaz!

E o beliscaram ao mesmo tempo, um de cada lado.

O Arganaz abriu os olhos devagar.

— Eu não estava dormindo — disse, com voz rouca e débil. — Escutei cada palavra que vocês disseram.

— Conte-nos uma história! — exclamou a Lebre de Março.

— Sim, por favor, conte! — pediu Alice.

— E que seja curta — acrescentou o Chapeleiro. — Ou você vai dormir de novo antes de terminar.

— Era uma vez três irmãzinhas — apressou-se o Arganaz a começar. — Elas se chamavam Elsie, Lacie e Tillie e viviam no fundo de um poço...[30]

— Do que elas se alimentavam? — disse Alice, que sempre se interessava muito por questões referentes a comida e bebida.

— Elas se alimentavam de melado — disse o Arganaz, depois de pensar por um instante.

— Isso não teria sido possível, sabe? — observou Alice, com delicadeza. — Elas ficariam doentes.

— E ficaram mesmo — respondeu o Arganaz. — *Muito* doentes.

Alice tentou imaginar como seria viver daquele modo tão estranho, mas era complicado demais, de forma que perguntou:

— Mas por que elas viviam no fundo de um poço?

— Tome mais um pouco de chá — a Lebre disse a Alice, muito séria.

— Ainda não tomei nada — Alice respondeu num tom ofendido. — Portanto, não posso tomar mais.

— Você quer dizer que não pode tomar *menos* — respondeu o Chapeleiro. — É muito fácil tomar *mais* do que nada.

30. "Elsie" é a pronúncia, em inglês, das iniciais da irmã mais velha de Alice (L. C., Lorina Charlotte); "Tillie" corresponde a Matilda, apelido dado a Edith pelas irmãs; e Lacie é um anagrama de Alice". [N. T.]

— Ninguém pediu a sua opinião — retrucou Alice.

— Quem está fazendo comentários pessoais agora? — o Chapeleiro perguntou, triunfante.

Alice não soube bem como responder. Assim, serviu-se de um pouco de chá e de pão com manteiga, virou-se para o Arganaz e repetiu a pergunta:

— Por que elas viviam no fundo de um poço?

O Arganaz, de novo, demorou um momento para pensar, e respondeu:

— Era um poço de melado.

— Isso não existe! — exclamou Alice, muito irritada.[31]

Mas o Chapeleiro e a Lebre de Março fizeram "Psiu! Psiu!", e o Arganaz observou, mal-humorado:

— Se não consegue ter educação, pode terminar você mesma a história.

— Não, por favor, continue — respondeu Alice. — Não vou mais interromper. É possível que exista pelo menos *um* poço de melado.

— Um poço, francamente! — exclamou o Arganaz, indignado. Mas concordou em prosseguir. — E assim as três irmãzinhas... Elas estavam aprendendo a extrair, sabe?

---

31. Acredita-se que Carroll faz referência a um poço situado na igreja da cidade de Binsey, no condado de Oxford, cujas águas teriam propriedades curativas. Esse poço era conhecido como *treacle well, ou "poço de unguento", pois em inglês medieval a palavra treacle, que atualmente significa "melado", tinha o sentido de "unguento medicinal". Assim, apesar da incredulidade de Alice, existe de fato um "poço de melado".* [N. T.]

— E o que elas extraíam? — perguntou Alice, esquecendo sua promessa.

— Melado — respondeu o Arganaz, desta vez sem precisar pensar.

— Eu quero uma xícara limpa — interrompeu o Chapeleiro. — Vamos nos mudar de lugar.

Ele mudou de lugar enquanto falava, e o Arganaz o seguiu. A Lebre de Março se mudou para o lugar do Arganaz, e Alice, muito contra a vontade, tomou o lugar da Lebre. O Chapeleiro foi o único que teve alguma vantagem com a mudança, e Alice ficou bem pior que antes, pois a Lebre havia acabado de entornar a leiteira em seu pires.

Alice não queria ofender o Arganaz de novo, e foi com muita cautela que disse:

— Mas eu não entendo. De onde elas extraíam o melado?

— Pode-se extrair água de um poço de água — disse o Chapeleiro. — Assim, acho que é possível tirar melado de um poço de melado... Não é, idiota?

— Mas elas estavam *dentro* do poço — disse Alice ao Arganaz, escolhendo ignorar este último comentário.

— Claro que estavam — disse o Arganaz. — Bem lá no fundo.

Esta resposta confundiu tanto a pobre Alice que ela deixou o Arganaz prosseguir por algum tempo sem interrompê-lo.

— Elas estavam aprendendo a extrair — continuou ele, bocejando e esfregando os olhos, pois estava ficando com muito sono. — E elas extraíam coisas de todo tipo... Tudo que começa com M...

— E por que com M? — perguntou Alice.

— E por que não? — disse a Lebre.

Alice ficou em silêncio.

Naquela altura, o Arganaz tinha fechado os olhos e estava caindo no sono. Mas, ao ser beliscado pelo Chapeleiro, acordou de novo com um gritinho, e prosseguiu:

—... que começa com M, como mata-moscas, mundos, memória e o mesmo... Você sabe que se diz que as coisas são "mais do mesmo"... Você já viu isso, alguém extrair o mesmo?

— De fato, agora que perguntou, acho que não... — começou Alice, confusa.

— Então não deveria dizer nada — interrompeu o Chapeleiro.

Essa grosseria foi mais do que Alice podia suportar. Ela se levantou, farta, e foi embora. O Arganaz adormeceu na mesma hora, e os outros nem notaram sua partida, embora ela olhasse para trás uma ou duas vezes, na esperança de que a chamassem de volta. Da última vez que os viu, estavam tentando enfiar o Arganaz no bule de chá.

— De qualquer forma, não vou voltar lá nunca mais! — disse Alice, caminhando por entre a floresta. — Foi o chá da tarde mais idiota que já vi na vida!

Assim que disse isso, percebeu que uma das árvores tinha uma porta no tronco.

"Isso é muito estranho", pensou. "Mas tudo está entranho hoje. Acho que posso muito bem ir entrando." E entrou.

Mais uma vez, viu-se no longo salão, ao lado da mesinha de vidro.

— Desta vez vou fazer as coisas direito — disse para si.

Pegou a chavezinha dourada e destrancou a porta que dava para o jardim. Então mordiscou o cogumelo (havia guardado um pedaço dele no bolso) até ter uns trinta centímetros de altura. A seguir, percorreu o pequeno corredor e então, finalmente, chegou ao belo jardim, com seus canteiros de flores coloridas e fontes refrescantes.

Capítulo VIII

O campo de **croquet** da Rainha

Uma enorme roseira erguia-se à entrada do jardim. Suas rosas eram brancas, mas havia três jardineiros a sua volta, atarefados em pintá-las de vermelho. Alice achou aquilo intrigante, e aproximou-se para ver. Justo quando chegou perto dos jardineiros, ouviu um deles dizer:

— Tome cuidado, Cinco! Não jogue tinta em mim desse jeito!

— Não foi minha culpa — respondeu Cinco, mal-humorado. — Sete bateu no meu braço.

Ao ouvir isso, Sete ergueu a cabeça e disse:

— Certíssimo, Cinco! Sempre jogue a culpa nos outros!

— É melhor você ficar calado! — disse Cinco. — Ontem mesmo ouvi a Rainha dizer que você merecia ser decapitado!

— Por qual motivo? — indagou o primeiro que havia falado.

— Não é da *sua* conta, Dois! — exclamou Sete.

— Pois é, sim, da conta dele! — atalhou Cinco. — E eu vou lhe contar. Foi porque ele entregou ao cozinheiro bulbos de tulipa em vez de cebolas.

Sete jogou no chão seu pincel e começou:

— Caramba, de todas as injustiças que podiam ser cometidas... — ele se interrompeu de repente, quando seus olhos por acaso encontraram Alice, parada ali perto observando-os.

Os outros também olharam, e todos fizeram uma reverência profunda.

— Por favor, poderiam me dizer por que estão pintando essas rosas?

Cinco e Sete não disseram nada e olharam para Dois. Este começou, com voz baixa:

— Bom, o fato é que, sabe, senhorita, esta roseira aqui deveria dar rosas *vermelhas*, e nós plantamos por engano uma roseira que dá rosas brancas. Se a Rainha descobrir isso, vai mandar cortar a cabeça de todos nós, entende? Então, como vê, senhorita, estamos fazendo o possível, antes que ela venha, para...

Nesse instante, Cinco, que estivera olhando ansioso através do jardim, gritou:

— A Rainha! A Rainha!

Na mesma hora, os três jardineiros se jogaram no chão, de cara para baixo. Ouviu-se o som de muitos pés e Alice olhou ao redor, ansiosa para ver a Rainha.

Na frente vinham dez soldados carregando bastões. Tinham o mesmo formato dos três jardineiros, retangulares e achatados, com mãos e pés nos cantos. Então vinham dez cortesãos ornamentados com ouros, caminhando aos pares, como os soldados. Atrás deles vinham as crianças reais. Eram dez, graciosas e alegres, e saltitavam de mãos dadas, também em pares; estavam todas adornadas com corações. A seguir, vinham os convidados, em sua maioria Reis e Rainhas, e entre eles Alice reconheceu o Coelho Branco. Ele falava de forma apressada e nervosa, sorrindo ante tudo o que era dito, e não notou Alice. A seguir, vinha o Valete de Copas, carregando a coroa do rei em uma almofada de veludo vermelho. Então vinham os últimos integrantes do suntuoso cortejo, O REI E A RAINHA DE COPAS.[32]

Alice estava na dúvida se deveria ou não deitar-se de cara para baixo, como os três jardineiros, mas não conseguia lembrar-se de ter ouvido qualquer regra quanto a esse procedimento durante um cortejo. "E, além disso, que utilidade teria durante um cortejo, se todo mundo tivesse que se deitar de cara para baixo e não pudesse ver nada?", pensou. Assim, ficou onde estava e esperou.

Quando o cortejo passou por Alice, todos pararam e olharam para ela.

— Quem é esta? — perguntou a Rainha com severidade ao Valete de Copas, que respondeu apenas com uma reverência e um sorriso.

— Idiota! — disse a Rainha, empinando a cabeça, impaciente. Virou-se para Alice e perguntou — Qual é seu nome, criança?

— Meu nome é Alice, a seu dispor, Majestade — disse Alice, com muita educação. Mas acrescentou, em pensamento "Puxa, no fim das contas são só um monte de cartas. Não preciso ter medo deles!"

32. Os jardineiros e todo o séquito dos monarcas formam um baralho, como se nota nas menções aos números das cartas e aos naipes. Os soldados são as cartas de paus, por isso portam bastões; os cortesões pertencem ao naipe de ouros, e a família real forma o naipe de copas, cujo símbolo é um coração. Os jardineiros, que no início do capítulo são identificados pelos números das cartas, pertenceriam ao naipe de espadas (em inglês, chamado de *spades* ou "pás"). [N. T.]

— E quem são esses aí? — perguntou a Rainha, apontando para os três jardineiros estendidos no chão ao redor da roseira.

O fato é que eles estavam deitados de cara para baixo, e o padrão do verso era o mesmo do resto das cartas, de modo que ela não conseguia saber se eram jardineiros, soldados, cortesãos ou três de seus próprios filhos.

— E *eu* é que sei? — disse Alice, surpresa com sua própria coragem. — Isso não é da minha conta.

A Rainha ficou roxa de fúria e, depois de encarar Alice por um instante como um animal selvagem, berrou:

— Cortem-lhe a cabeça! Cortem-lhe...

— Bobagem! — afirmou Alice, com voz firme e decidida, e a Rainha calou a boca.

O Rei pousou a mão no braço da Rainha, e disse, timidamente:

— Minha querida, leve em conta que ela é apenas uma criança!

A Rainha deu-lhe as costas, enraivecida, e disse ao Valete:

— Vire-os!

Cautelosamente, o Valete os virou com um pé.

— Levantem-se! — comandou a Rainha, numa voz alta e estridente.

Os três jardineiros puseram-se de pé num salto, e passaram a fazer reverências para o Rei, a Rainha, as crianças reais e todos os demais.

— Parem com isso! Vocês estão me deixando tonta! — berrou a Rainha. E então, virando-se para a roseira, prosseguiu. — O que estavam fazendo aqui?

— Com sua permissão, Majestade — disse Dois, num tom muito humilde, tocando um joelho na terra. — Estávamos tentando...

— Estou *vendo*! — gritou a Rainha, que examinara as rosas. — Cortem-lhe as cabeças!

E o cortejo seguiu adiante, enquanto três soldados ficavam para trás, para executar os infelizes jardineiros, que correram até Alice em busca de proteção.

— Vocês não vão ser decapitados! — disse Alice.

E escondeu-os dentro de um grande vaso que havia por perto. Os soldados ficaram por ali, procurando-os e logo se retiraram em silêncio, indo atrás dos demais.

— As cabeças deles foram cortadas? — gritou a Rainha.

— As cabeças deles não estão mais lá, Majestade — os soldados gritaram de volta.

— Muito bem! — gritou a Rainha. — Sabe jogar *croquet*?

Os soldados ficaram em silêncio e olharam para Alice, pois a pergunta obviamente fora dirigida a ela.

— Sim! — gritou Alice.

— Então vamos! — rugiu a Rainha.

Alice juntou-se ao cortejo, tentando imaginar o que aconteceria a seguir.

— O... o dia está muito bonito — disse uma voz tímida a seu lado.

Era o Coelho Branco, que olhava ansioso para o rosto dela.

— Muito bonito — Alice respondeu. — Por onde anda a Duquesa?

— Psiu! Psiu! — disse o Coelho, num tom baixo e urgente. Ele olhou nervoso por cima do ombro enquanto falava, e então ergueu-se na ponta dos pés, aproximou a boca da orelha dela e sussurrou — Ela foi condenada à morte.

— Qual o motivo? — quis saber Alice.

— Você disse "Que pena!"? — perguntou o Coelho.

— Não, não disse — Alice respondeu. — Não acho que seja uma pena, de forma alguma. Eu disse "Qual o motivo?"

— Ela puxou as orelhas da Rainha... — começou o Coelho.

Alice deu um gritinho, achando graça.

— Oh, silêncio! — sussurrou o Coelho, assustado. — A Rainha pode ouvir! Sabe, a Duquesa chegou bem atrasada, e a Rainha disse...

— Aos seus lugares! — gritou a Rainha, com voz retumbante.

As pessoas começaram a correr em todas as direções, trombando uma nas outras. Mas conseguiram se posicionar em um minuto ou dois, e o jogo teve início.

Alice constatou que nunca na vida havia visto um campo de *croquet* tão estranho. Estava cheio de lombadas e valetas; as bolas eram ouriços vivos, os tacos eram flamingos vivos, e os soldados tinham que dobrar-se, apoiados nas mãos e nos pés, para formar os aros.

No começo, a maior dificuldade de Alice foi lidar com seu flamingo. Ela conseguiu acomodar o corpo dele numa posição mais ou menos confortável, debaixo do braço, com as pernas penduradas. Mas, de forma geral, assim que esticava o pescoço do flamingo e aprontava-se para acertar o ouriço com a cabeça dele, ele contorcia e erguia o pescoço e encarava o rosto de Alice de frente, com expressão tão perplexa que ela caía na risada. Quando conseguia baixar a cabeça do flamingo e ia começar tudo de novo, descobria que o ouriço havia se desenrolado e estava rastejando para longe. Além de tudo isso, em geral havia uma lombada ou uma valeta no caminho, qualquer que fosse a direção na qual ela queria lançar o ouriço, e os soldados dobrados ficavam o tempo todo levantando-se e indo para outros pontos do campo. Alice chegou à conclusão de que era de fato um jogo muito difícil.

Os jogadores jogavam todos ao mesmo tempo, sem esperar sua vez, discutindo sem parar uns com os outros e brigando pelos ouriços. Não demorou muito para a Rainha ficar furiosa. Ela saiu pisando duro e gritando o tempo todo:

— Cortem-lhe a cabeça!

Alice começou a ficar nervosa. Claro, ainda não tivera nenhum desentendimento com a Rainha, mas sabia que isso podia acontecer a qualquer momento. "E então," pensou, "o que vai acontecer comigo? Eles adoram cortar a cabeça das pessoas neste lugar. É incrível que ainda haja alguém vivo!"

Olhou ao redor, em busca de um modo de escapar e imaginando se poderia ir embora sem ser vista, quando notou uma estranha aparição no ar. A princípio ficou intrigada, mas depois de um instante percebeu que era um sorriso e disse a si mesma:

— É o Gato de Cheshire. Agora vou ter com quem conversar.

— Como está se saindo? — perguntou o Gato, assim que havia boca suficiente com a qual falar.

Alice esperou até os olhos aparecerem e então acenou com a cabeça.

"Não adianta falar com ele até surgirem as orelhas, ou pelo menos uma delas", pensou.

Daí a pouco toda a cabeça apareceu, e então Alice baixou seu flamingo e começou a relatar o jogo, sentindo-se feliz por ter alguém para ouvi-la. O Gato pareceu achar que já havia o suficiente à vista, e o resto dele continuou invisível.

— Acho que eles não jogam limpo — começou Alice, queixando-se. — Todos discutem de um jeito tão horrível que não consigo ouvir nem o que eu falo... E parece que não existe nenhuma regra em particular. Pelo menos, se existe, ninguém segue... E você não faz ideia de como a gente fica confusa quando todas as coisas são vivas. Por exemplo, lá está o próximo aro que tenho que atravessar, indo para a outra ponta do campo...

E eu devia ter acertado o ouriço da Rainha agora, mas ele saiu correndo quando viu o meu chegando.

— Você gostou da Rainha? — perguntou o Gato, em voz baixa.

— Nem um pouco — respondeu Alice. — Me parece tão... — Bem nessa hora ela percebeu que a Rainha estava logo atrás dela, ouvindo, e prosseguiu —... certo que ela ganhe, que quase nem vale a pena terminar o jogo.

A Rainha sorriu e seguiu em frente.

— Com quem você está falando? — perguntou o Rei, indo até Alice e olhando com grande curiosidade para a cabeça do Gato.

— É um amigo meu... um Gato de Cheshire — disse Alice. — Permita que lhe apresente.

— Não gosto nada da aparência dele — disse o Rei. — Mas ele pode beijar minha mão, se quiser.

— Prefiro não — observou o Gato.

— Não seja impertinente — disse o Rei. — E não me olhe desse jeito.

Ele se escondeu detrás de Alice enquanto falava.

— Um gato pode olhar para um rei[33] — disse Alice. — Li isso em um livro, mas não me lembro qual.

33. Em inglês, essa expressão significa que nem mesmo um rei é tão importante que uma pessoa comum não possa olhar para ele. [N. T.]

— Bom, ele deve ser removido — disse o Rei, taxativo, e chamou a Rainha, que passava naquele momento. — Minha querida! Eu gostaria que você ordenasse que este gato seja removido!

A Rainha só tinha um jeito de resolver todas as dificuldades, grandes ou pequenas.

— Cortem-lhe a cabeça! — disse, sem nem sequer olhar ao redor.

— Eu mesmo vou buscar o carrasco — disse o Rei, ansioso, e saiu correndo.

Alice achou melhor retornar e ver como o jogo estava indo, pois ouvia os berros furiosos da Rainha ao longe. Já ouvira a Rainha ordenar a execução de três jogadores por perderem a vez, e não estava gostando nada daquilo, pois o jogo era tão confuso que ela nunca sabia se era sua vez ou não. Assim, foi em busca de seu ouriço.

Ele estava brigando com outro ouriço, e pareceu a Alice uma excelente oportunidade de acertar um com o outro. A única dificuldade era que seu flamingo havia ido até o outro lado do jardim, onde Alice o via tentando em vão voar para o alto de uma árvore.

Quando finalmente conseguiu pegar o flamingo e trazê-lo de volta, a briga havia terminado e os ouriços tinham desaparecido.

"Mas não faz muita diferença", pensou Alice, "pois todos os aros sumiram deste lado do campo."

Assim, ela colocou o flamingo debaixo do braço, para que não fugisse de novo, e foi conversar mais um pouco com seu amigo.

Ao voltar ao local onde estava o Gato de Cheshire, Alice espantou-se com a multidão que se reunira ao redor dele. Havia uma discussão entre o carrasco, o Rei e a Rainha, que falavam todos ao mesmo tempo, enquanto os demais permaneciam em silêncio, parecendo pouco à vontade.

No instante em que Alice apareceu, todos os três exigiram que ela resolvesse a questão e repetiram para ela seus argumentos. Mas como falavam ao mesmo tempo, ela teve muita dificuldade em entender exatamente o que diziam.

O argumento do carrasco era que não dava para cortar uma cabeça a menos que houvesse um corpo ao qual estivesse presa. Ele disse que nunca precisara fazer isso antes, e que não ia ser na sua idade que iria começar.

O argumento do Rei era que qualquer coisa que tivesse uma cabeça podia ser decapitada, e que a gente não pode ficar falando bobagens.

O argumento da Rainha era que, se algo não fosse feito para ontem, ela mandaria executar todo mundo. (Foi este último comentário que deixou toda a multidão tão séria e nervosa.)

Tudo que Alice conseguiu pensar em dizer foi:

— Ele pertence à Duquesa. É melhor perguntar a *ela* sobre isso.

— Ela está na prisão — disse a Rainha ao carrasco. — Traga-a aqui.

E o carrasco partiu como uma flecha.

A cabeça do Gato começou a desaparecer no momento em que o carrasco se foi, e quando este retornou com a Duquesa, havia sumido por completo. Assim, o Rei e o carrasco ficaram correndo de um lado a outro, procurando por ela, enquanto todos os demais voltaram ao jogo.

Capítulo IX

A história da Tartaruga Falsa

— Não imagina como estou feliz por revê-la, querida e velha amiga! — disse a Duquesa, enquanto passava o braço pelo de Alice, de forma afetuosa, e ambas se afastavam juntas.

Alice ficou aliviada ao vê-la de tão bom humor e pensou, com seus botões, que talvez fosse somente por causa da pimenta que ela estivera tão furiosa quando se conheceram, na cozinha.

“Quando *eu* for duquesa”, disse para si (num tom não muito esperançoso, porém), “não vou ter na cozinha *nada* de pimenta. A sopa não precisa de pimenta para ficar gostosa... Talvez seja sempre a pimenta que deixa as pessoas de cabeça quente”, prosseguiu, muito satisfeita por ter descoberto um novo tipo de regra. “E o vinagre as deixa azedas... e a camomila as deixa amargas… E as balas de cevada e coisas assim deixam as crianças com um temperamento doce. Eu adoraria que as pessoas soubessem *disso*. Elas não seriam tão mesquinhas, sabe...”

Por essa altura, havia se esquecido por completo da Duquesa, e até se assustou quando a voz dela soou perto de seu ouvido.

— Você está pensando em algo, minha querida, e isso a faz esquecer-se de falar. No momento, não consigo dizer qual a moral disso, mas daqui a pouco vou me lembrar.

— Quem sabe não tem moral nenhuma — Alice aventurou-se a observar.

— Tsc, tsc, criança! — retrucou a Duquesa. — Tudo tem uma moral, é só encontrá-la.

Enquanto falava, ela se achegou ainda mais a Alice.

Alice não estava gostando muito de tanta proximidade. Primeiro, porque a Duquesa era *muito* feia e, segundo, porque tinha a altura exata para apoiar o queixo no ombro de Alice, e era um queixo pontudo e muito incômodo. Mas ela não gostava de ser grosseira e aguentou da melhor forma possível.

— O jogo parece estar bem melhor agora — disse, para manter a conversação.

— De fato — concordou a Duquesa. — E a moral disso é "Oh, é o amor, é o amor, que faz o mundo girar!"

— Ouvi alguém dizer que o que faz o mundo girar é cada um cuidar da própria vida! — Alice sussurrou.

— Ah, sim! É a mesma coisa — disse a Duquesa, enterrando o queixinho pontudo no ombro de Alice, enquanto acrescentava — E a moral *disso* é "Cuide do sentido e os sons cuidarão de si mesmos".

"Como ela gosta de encontrar a moral nas coisas!", pensou Alice.

— Eu arriscaria dizer que você está se perguntando por que não passo meu braço ao redor de sua cintura — disse a Duquesa, após uma pausa.

— O motivo é que não confio muito no temperamento de seu flamingo. Será que devo experimentar?

— Ele pode bicar — respondeu Alice, cautelosa, não se sentindo nem um pouco ansiosa pelo experimento.

— É verdade — disse a Duquesa. — Tanto os flamingos quanto a mostarda são picantes. E a moral disso é "Aves de igual plumagem em bando fazem a viagem".

— Só que a mostarda não é uma ave — observou Alice.

— Correto, como sempre — disse a Duquesa. — Você tem um jeito muito claro de colocar as coisas!

— É um mineral, *acho* — disse Alice.

— Claro que é — concordou a Duquesa, que parecia disposta a concordar com tudo que Alice dissesse. — Há uma enorme mina de extração de mostarda aqui perto. E a moral disso é "Quanto mais se extrai, menos há para tirar."

— Ah, eu sei! — exclamou Alice, que não prestara atenção a este último comentário. — É um vegetal. Não parece, mas é!

— Concordo plenamente com você — disse a Duquesa. — E a moral disso é... "Seja o que você parece ser"... ou, se quiser dizer de um modo mais simples, "Nunca imagine que você não seja algo diferente do que poderia parecer aos outros o que você foi ou poderia ter sido foi não diferente do que você era teria parecido aos outros ser algo diferente."

— Creio que entenderia melhor esta frase se pudesse escrevê-la — disse Alice, com muita educação. — Mas não consegui acompanhar direito enquanto você falava.

— Isso não é nada perto do que eu poderia dizer, se quisesse — disse a Duquesa, num tom satisfeito. — Por favor, não se incomode em dizer isso de uma forma ainda mais longa — disse Alice.

— Ah, não é nenhum incômodo! — respondeu a Duquesa. — Considere tudo o que eu disse até agora como um presente meu a você.

"Que presente besta!", pensou Alice. "Ainda bem que ninguém dá presentes de aniversário assim!". Mas ela não se arriscou a dizer isso em voz alta.

— Pensando, outra vez? — perguntou a Duquesa, espetando-a de novo com o queixo pontudo.

— Tenho o direito de pensar — retrucou Alice, bruscamente, começando a ficar preocupada.

— Tem tanto direito... — disse a Duquesa —... quanto os porcos têm de voar. E a mo...

Mas, para grande surpresa de Alice, nesse momento a voz da Duquesa sumiu, bem no meio da palavra "moral", a favorita da Duquesa, e o braço entrelaçado ao seu começou a tremer. Alice ergueu o olhar e, diante delas, estava a Rainha, de braços cruzados e a cara tão fechada quanto um céu de tempestade.

— É um lindo dia, Majestade! — começou a Duquesa, numa voz débil e baixa.

— Muito bem, não diga que não avisei — gritou a Rainha, batendo o pé no chão. — Ou você cai fora, ou o que cai é a sua cabeça, neste exato minuto! Pode escolher!

A Duquesa fez sua escolha e sumiu rapidinho.

— Vamos continuar o jogo — disse a Rainha a Alice, que estava assustada demais para sequer abrir a boca, e lentamente a seguiu de volta ao campo de *croquet*.

Os demais convidados tinham aproveitado a ausência da Rainha e estavam descansando à sombra. Nem bem a viram, porém, voltaram ao jogo apressados, com a Rainha comentando apenas que um segundo de demora iria lhes custar a vida.

Durante todo o tempo de jogo, a Rainha não parou de brigar com os outros jogadores e de gritar "Cortem-lhe a cabeça!". Cada um que ela condenava era levado pelos soldados, que necessariamente deviam abandonar a função de aros para fazê-lo. Mais ou menos meia hora depois, não havia mais nenhum aro, e todos os jogadores, exceto o Rei, a Rainha e Alice, estavam presos e condenados à morte.

Então a Rainha deixou de jogar, completamente sem fôlego, e disse a Alice:

— Você já viu a Tartaruga Falsa?

— Não — respondeu Alice. — Nem sei o que é uma Tartaruga Falsa.

— É o que usam para fazer uma Sopa de Tartaruga Falsa[34] — disse a Rainha.

— Nunca vi e nem ouvi falar — comentou Alice.

— Então venha — disse a Rainha. — Ela vai lhe contar sua história.

Enquanto se afastavam juntas, Alice ouviu o Rei dizer baixinho aos demais:

— Estão todos perdoados.

"Puxa vida, *isso* é algo muito bom!", pensou, pois estava bem triste com o grande número de execuções que a Rainha havia ordenado.

Logo encontraram um Grifo[35], profundamente adormecido ao sol.

— Acorde, seu preguiçoso! — disse a Rainha. — E leve esta mocinha para ver a Tartaruga Falsa, e ouvir a história dela. Devo voltar e supervisionar as execuções que ordenei.

E lá se foi ela, deixando Alice a sós com o Grifo.

Alice não gostou muito da aparência da criatura, mas de forma geral achou que seria tão seguro ficar com ele quanto ir atrás daquela Rainha tão furiosa. Assim, esperou.

34. No século XVIII, a sopa de tartaruga marinha tornou-se tão popular na Grã-Bretanha, que as várias espécies desse animal foram caçadas quase até a extinção. Os preços da carne de tartaruga tornaram-se proibitivos, e assim surgiram as receitas de sopa falsa de tartaruga, que tentavam recriar o sabor e a textura do prato original. As receitas variavam, e podiam conter carne bovina ou suína, miúdos, ostras ou vegetais, mas invariavelmente incluíam carne da cabeça de vitela. [N. T.]

35. O grifo é um animal mitológico originário da antiga Grécia, com cabeça e asas de águia e corpo de leão. [N. T.]

O Grifo sentou-se, esfregou os olhos e ficou observando a Rainha até ela sumir de vista. Então deu uma risadinha.

— Que engraçado! — disse, meio para si, meio para Alice.

— O *que* é engraçado?

— Oras, *ela* — disse o Grifo. — É tudo a imaginação dela. Eles nunca executam ninguém, sabe? Venha

"Todo mundo aqui me diz 'venha!'", pensou Alice, indo lentamente atrás dele. "Nunca recebi tantas ordens na vida, nunca!"

Não haviam caminhado muito quando viram a Tartaruga Falsa ao longe, triste e solitária, sentada em uma pequena saliência rochosa. Ao se aproximarem, Alice podia ouvi-la suspirando, como se seu coração estivesse se partindo, e sentiu muita pena dela.

— Por que tanta tristeza? — perguntou ao Grifo.

Este respondeu, quase com as mesmas palavras de antes:

— É tudo a imaginação dela. Ela não tem tristeza alguma, sabe? Venha!

Assim, foram até a Tartaruga Falsa, que olhou para eles com grandes olhos lacrimosos, mas nada disse.[36]

— Esta jovem aqui quer conhecer sua história — disse o Grifo.

36. As tartarugas-marinhas possuem na área dos olhos uma glândula pela qual eliminam o excesso de sal do organismo. Quando estão fora d'água parecem estar sempre chorando, pois a secreção hipersalina escorre como se fossem lágrimas. [N. T.]

— Vou contar a ela — disse a Tartaruga Falsa, num tom grave e cavo. — Sentem-se e não digam uma palavra até eu ter terminado.

Assim, eles se sentaram, e ninguém disse nada por alguns minutos. Alice pensou "Não sei como ela vai poder terminar, se nem sequer começa", mas esperou, paciente.

— No passado — disse a Tartaruga Falsa, com um grande suspiro — eu era uma Tartaruga de verdade.

A tais palavras seguiu-se um longuíssimo silêncio, quebrado apenas por uma ou outra exclamação de "Hrjckrrh!" dada pelo Grifo e os soluços lastimosos da Tartaruga Falsa. Alice estava quase se levantando e dizendo "Obrigada, senhora, por sua história tão interessante", mas não podia deixar de pensar que *devia* haver mais coisa para vir, de modo que continuou sentada, quieta, e não disse nada.

— Quando éramos crianças, íamos à escola no mar — a Tartaruga Falsa por fim prosseguiu, mais calma, embora ainda choramingando de vez em quando. — O professor era uma velha tartaruga... costumávamos chamá-lo de Cação...

— Por que o chamavam assim, se ele não era um Cação? — Alice perguntou.

— Nós o chamávamos de Cação porque ele nos dava educação — disse a Tartaruga Falsa, irritada. — Realmente, você é muito tonta!

— Você devia se envergonhar por ter feito uma pergunta tão boba — acrescentou o Grifo.

E então os dois ficaram em silêncio, olhando para a pobre Alice, que desejou que a terra a engolisse Por fim, o Grifo disse para a Tartaruga Falsa:

— Prossiga, velha amiga! Não leve o dia inteiro para contar a história!

A Tartaruga Falsa continuou:

— Sim, nós fomos à escola no mar, embora você possa não acreditar nisso...

— Eu nunca disse que não acreditava! — interrompeu Alice.

— Disse, sim — insistiu a Tartaruga Falsa.

— Cale a boca! — acrescentou o Grifo, antes que Alice retrucasse de novo.

A Tartaruga Falsa prosseguiu.

— Tivemos uma educação excelente... Aliás, íamos à escola todos os dias...

— *Eu* também vou à escola todos os dias — disse Alice. — Não precisa ficar tão orgulhosa por isso.

— Vocês tinham aulas extras? — perguntou a Tartaruga Falsa, com certa ansiedade.

— Sim, nós aprendemos francês e música.

— E aprenderam a lavar? — perguntou a Tartaruga Falsa.

— Claro que não! — Alice respondeu, indignada.

— Ah! Então sua escola não era boa de verdade! — exclamou a Tartaruga Falsa num tom de grande alívio. — Na *nossa*, estava lá, no final da nota de cobrança, "francês, música *e* lavagem — extras".[37]

— Não devia ser muito útil para você, que vivia no fundo do mar — Alice observou.

— Eu não tinha condições de pagar os extras — disse a Tartaruga Falsa, com um suspiro. — Só fiz as disciplinas normais.

— E quais eram? — indagou Alice.

— Ver e Esquecer, claro, para começar. E então os diferentes ramos da Aritmética: Ambição, Frustração, Monstrificação e Decepção.

— Nunca ouvi falar de Monstrificação — Alice arriscou dizer. — O que é?

O Grifo ergueu as duas patas, assombrado.

— Como assim, nunca ouviu falar de monstrificar! — exclamou. — Você sabe o que significa embelezar, suponho?

— Sim — respondeu Alice, hesitante. — Significa... tornar... alguma coisa... mais bonita.

— Pois bem — prosseguiu o Grifo. — Se você não sabe o que é monstrificar, você é uma tonta.

37. Segundo Gardner (1960), a frase "Francês, música e lavagem — extras" aparecia com frequência nas faturas de escolas em regime de internato, significando que as aulas de francês e de música eram cobradas à parte, assim como a lavagem de roupas. [N. T.]

Alice não se sentiu motivada a indagar mais nada sobre o assunto. Virou-se para a Tartaruga Falsa e perguntou:

— O que mais você aprendeu?

— Bom, tinha aulas de Histeria — a Tartaruga Falsa respondeu, contando nas nadadeiras suas matérias — Histeria antiga e moderna, junto com Mareografia. E também Partes. O mestre-partista era uma velha enguia que costumava vir uma vez por semana; ele nos ensinava desdenho e fritura a óleo.

— E como eram essas aulas?

— Bom, não posso lhe mostrar — disse a Tartaruga Falsa. — Estou muito fora de forma. E o Grifo nunca aprendeu nada disso.

— Não tinha tempo — disse o Grifo. — Eu estudava com o professor de Clássicos. Era um caranguejo velho, aquele lá.

— Nunca estudei com ele — disse a Tartaruga Falsa, com um suspiro. — Diziam que ele ensinava Patim e Leigo.[38]

— Ele ensinava, sim, ele ensinava — disse o Grifo, também suspirando.

E as duas criaturas esconderam o rosto nas patas.

— E quantas horas de aula vocês tinham por dia? — perguntou Alice, querendo mudar logo de assunto.

38. Neste capítulo repleto de trocadilhos, que eram comuns na literatura humorística da época, Carroll brinca com atividades que integravam o currículo escolar da época — ler, escrever, adição, subtração, multiplicação, divisão, história, geografia, artes, desenho, pintura a óleo, latim e grego. [N. T.]

— Dez horas no primeiro dia — respondeu a Tartaruga Falsa. — Nove no segundo, e assim por diante.

— Que sistema curioso! — exclamou Alice.

— É por isso que é chamado de sistema de ensino progressivo — observou o Grifo. — As aulas ficam progressivamente mais curtas, dia após dia.

Aquilo era novidade para Alice, que pensou um pouco antes de fazer o comentário seguinte.

— Então o décimo primeiro dia deveria ser feriado.

— Claro que sim — respondeu a Tartaruga Falsa.

— E o que acontecia no décimo segundo? — Alice quis saber, curiosa.

— Chega de falar de aulas — interrompeu o Grifo, em tom decidido. — Agora conte a ela sobre a diversão.

Capítulo X

A Quadrilha das Lagostas

A Tartaruga Falsa deu um suspiro profundo e passou uma nadadeira pelos olhos. Fitou Alice e tentou falar, mas por alguns instantes sua voz ficou embargada pelo choro.

— Parece que ela está com um osso preso na garganta — disse o Grifo, e passou a sacudi-la e bater nas costas dela.

Por fim, a Tartaruga Falsa recobrou a voz e, com as lágrimas escorrendo pelo rosto, falou:

— Talvez você não tenha passado muito tempo no fundo do mar...

— Não passei — disse Alice.

— E talvez nunca tenha tido contato com um uma lagosta...

Alice começou a dizer:

— Uma vez eu provei... — mas interrompeu-se a tempo e disse — Não, nunca.

— Por isso não faz ideia de como é divertida uma Quadrilha das Lagostas![39]

39. A quadrilha era uma dança muito apreciada nos salões de baile à época de Carroll. É executada por quatro casais dispostos numa formação retangular, que realizam complexas sequências de passos, revezando-se dois a dois. Tradicionalmente está dividida em cinco partes, ou *figuras*. *Segundo Gardner* (1960), Alice e seus irmãos aprenderam a dançar a quadrilha com um instrutor particular. [N. T.]

— De fato, não sei — respondeu Alice. — Como é essa dança?

— Bem — disse o Grifo. — Primeiro forma-se uma linha ao longo da praia...

— Duas linhas! — gritou a Tartaruga Falsa. — Focas, tartarugas, salmões, todo mundo. E aí, depois de tirar do caminho todas as águas-vivas...

— E isso em geral leva um certo tempo — interrompeu o Grifo.

— ... todos dão dois passos para a frente...

— Cada um com uma lagosta como par — gritou o Grifo.

— É claro — assentiu a Tartaruga Falsa. — Dão dois passos para a frente, cumprimentam seu par...

— Trocam de lagosta e saem na mesma ordem — continuou o Grifo.

— E aí, como você sabe... — disse a Tartaruga Falsa —... todos jogam no mar...

— As lagostas! — gritou o Grifo, com um salto.

—... o mais longe possível...

— Saem todos nadando atrás delas! — berrou o Grifo.

— Cada um dá uma cambalhota no mar! — gritou a Tartaruga Falsa, saindo aos pulos.

— Trocam de lagosta de novo! — berrou o Grifo, a plenos pulmões.

— Voltam para a praia e essa é a primeira figura — concluiu a Tartaruga Falsa, baixando o tom de repente.

E as duas criaturas, que tinham pulado como loucas o tempo todo, sentaram-se de novo, num silêncio tristonho, e olharam para Alice.

— Deve ser uma dança muito bonita — comentou ela, timidamente.

— Gostaria de ver uma parte dela? — perguntou a Tartaruga Falsa.

— Ah, eu gostaria muito — Alice respondeu.

— Venha, vamos tentar a primeira figura! — disse a Tartaruga Falsa ao Grifo. — Dá para dançar sem as lagostas. Quem canta?

— Ah, *você*. Eu esqueci a letra — respondeu o Grifo.

E assim eles começaram a dançar de forma solene, dando voltas e mais voltas ao redor de Alice, a cada tanto pisando nos pés dela ao passarem perto demais, e abanando as patas dianteiras para marcar o tempo, enquanto a Tartaruga Falsa cantava, de forma lenta e melancólica:

"Pode por favor se apressar?" diz o robalo ao caracol, com cautela.
"Há um urso polar vindo bem atrás de nós, e ele quase me atropela."

Lagostas e tartarugas, sempre juntas, todo mundo avança!
Estão a sua espera na praia — venha também e entre na dança.

"Vem ou não vem, vem ou não vem, vem também entrar na dança?"
"Você vai, não vai, você vai, não vai, também entrar na dança?
"Vem ou não vem, vem ou não vem, você não vem entrar na dança?"
"Você vai, não vai, você vai, não vai, também entrar na dança?

"É tudo muito divertido, você não pode nem imaginar
Quando eles nos pegam e atiram, com as lagostas, ao mar."
Mas o caracol responde "Longe demais!", pois só de pensar se cansa.
Agradece a gentileza do robalo, mas diz que não vai entrar na dança.
    "Não vai, não pode, não vai, não pode, você não vai entrar na dança."
    "Não vai, não pode, não vai, não pode, você não pode entrar na dança."

"Pouco importa a distância percorrida", responde o amigo escamado.
"Posto que existe outra praia, você bem sabe, lá do outro lado."
Quanto mais longe da Inglaterra, mais perto da França...
Assim, sem medo, querido caracol, venha e entre na dança.
    Vem ou não vem, vem ou não vem, você vem entrar na dança?
    Vem ou não vem, vem ou não vem, você não vem entrar na dança?[40]

— Muito obrigada, é uma dança divertida de assistir — disse Alice, feliz por ter terminado. — E gostei muito dessa música tão interessante sobre o robalo!

— Ah, sim, e falando de robalo... — disse a Tartaruga Falsa. — Você já viu robalos, certamente.

---

40. Paródia ao primeiro verso do poema "A aranha e a mosca", de Mary Howitt, publicado em 1834. A primeira estrofe, diz, em tradução livre, "Quer entrar em minha sala de estar?", perguntou a Aranha à Mosca. / "É a salinha mais bonita que já viu; / para chegar a ela sobe-se por uma escada curva, / e vou lhe mostrar muitas coisas interessantes quando estiver lá." / "Ah, não", respondeu a mosquinha, "perguntar-me é inútil, / pois quem sobe por sua escada jamais volta a descer." Como outros poemas parodiados por Carroll, este tem fundo moral: a mosca acaba aceitando o convite e nunca mais sai da sala da aranha, e a autora alerta as crianças para nunca darem ouvidos a elogios tolos e gratuitos. [N. T.]

— Sim, já vi robalos muitas vezes, no jant... — ela se interrompeu de repente.

— Não sei onde fica esse tal de Jant — disse a Tartaruga Falsa. — Mas se você viu robalos com tanta frequência, com certeza sabe como são.

— Acho que sei — Alice respondeu, com muito tato. — Eles ficam com a cauda na boca... e estão sempre cobertos com farinha de rosca.[41]

— Está enganada quanto à farinha de rosca — disse a Tartaruga Falsa. — Ela seria lavada pela água do mar. Mas os robalos de fato ficam com a cauda na boca. E o motivo é que... — aqui a Tartaruga Falsa bocejou e fechou os olhos, e então disse ao Grifo — Conte a ela o motivo, vamos.

O Grifo disse:

— O motivo é que os robalos foram com as lagostas para a dança e acabaram sendo jogados ao mar. A queda foi longa, e eles enfiaram a cauda na boca e morderam com força. E não conseguiram mais tirá-la. Só isso.

— Muito obrigada, é bem interessante — disse Alice. — Nunca antes tive a oportunidade de aprender tanta coisa sobre os robalos.

— Posso lhe contar muito mais, se quiser — ofereceu o Grifo. — Você sabe por que eles são chamados de robalos?

— Nunca parei para pensar nisso — disse Alice. — Por quê?

---

41. O peixe mencionado no original em inglês é o *whiting, um parente do bacalhau que*, tradicionalmente, era servido inteiro, dobrado em dois com a cauda passada por dentro da boca e presa no lugar com um pequeno espeto, e frito à milanesa com farinha de rosca. [N. T.]

— Porque é como conseguem botas e sapatos — o Grifo respondeu, muito sério.

Alice ficou totalmente confusa.

— Botas e sapatos! — repetiu, perplexa.

— Ora, como você conseguiu os *seus* sapatos? — perguntou o Grifo.

Alice baixou os olhos para eles e pensou um pouco antes de responder.

— Acho que foram comprados.

— No fundo do mar, onde não há dinheiro, quem quer botas e sapatos precisa roubá-los. Agora você já sabe.

— E do que são feitos esses calçados? — perguntou Alice, muito curiosa.

— De peixes de couro, como o bagre, e de solhas — o Grifo respondeu, muito impaciente. — Qualquer camarão poderia lhe responder.

— Se eu fosse o robalo — disse Alice, que ainda pensava na música —, teria dito ao urso, "Afaste-se, por favor. Não queremos que venha conosco!"

— Eles precisavam que o urso fosse com eles — disse a Tartaruga Falsa. — Peixes sábios nunca vão a lugar algum sem ter um urso.

— Sério? — espantou-se Alice.

— Certamente — reiterou a Tartaruga Falsa. — Oras, se um peixe vem me dizer que vai viajar, eu lhe digo, "Já sabe qual será seu urso?"

— Você quer dizer "curso"? — perguntou Alice.

— Eu quis dizer exatamente o que disse — retrucou a Tartaruga Falsa, ofendida.

E o Grifo acrescentou:

— Vamos, conte-nos algumas de *suas* aventuras.

— Eu poderia contar-lhes minhas aventuras... a partir desta manhã — disse Alice, com certa timidez. — Mas não vale a pena voltar a ontem, porque ontem eu era uma pessoa diferente.

— Explique tudo isso — pediu a Tartaruga Falsa.

— Não, não! Primeiro as aventuras — protestou o Grifo, num tom impaciente. — Explicações tomam muito tempo!

Assim, Alice começou a contar a eles suas aventuras desde o momento em que viu pela primeira vez o Coelho Branco. No começo, estava um pouco nervosa, pois as duas criaturas se achegaram a ela, perto demais, uma de cada lado, arregalando os olhos e abrindo muito a boca, mas foi ganhando coragem à medida que falava. Os ouvintes permaneceram em silêncio total até chegar a parte em que ela recitou "O senhor está velho, William, meu pai" para a Lagarta, e o poema saiu todo diferente. A Tartaruga Falsa respirou fundo e disse:

— Isso é bem estranho.

— Mais estranho impossível — disse o Grifo.

— O poema saiu todo diferente — repetiu a Tartaruga Falsa. — Gostaria de ouvi-la recitando alguma coisa agora. Diga-lhe que comece.

Ela olhou para o Grifo, como se ele tivesse alguma autoridade sobre Alice.

— Fique de pé e recite "A voz do preguiçoso" — disse o Grifo

"Como essas criaturas dão ordens, e como gostam de tomar a lição!", pensou Alice. "É como se eu estivesse na escola."

De qualquer modo, porém, ela ficou em pé e começou a recitar, mas como não parava de pensar na Quadrilha das Lagostas, não sabia bem o que estava dizendo, e tudo saiu muito esquisito:

Essa é a voz da Lagosta; eu a ouço quando diz, altaneira,
"Você me torrou no forno, devo adoçar a cabeleira."
Como faz o pato com as pálpebras, com o nariz ela, na hora,
Arruma o cinto e os botões, e vira os dedos do pé para fora.
Quando as areias estão secas, ela fica bem valente,
Critica e desdenha o Tubarão de maneira impertinente,
Mas quando a maré está alta, com os tubarões à volta,
Ah, então fica quietinha, calada, e nem um pio solta.[42]

— Está diferente do que *eu* costumava dizer quando era criança — disse o Grifo.

42. Aqui, Carroll parodia mais um poema de fundo moral bastante conhecido na época, O *preguiçoso, de Isaac Watts: "Essa é a voz do preguiçoso; eu o ouço reclamar / "Você me acordou cedo demais, vou continuar dormindo" / Como a porta nas dobradiças, ele em sua cama / Vira os flancos, os ombros e sua cabeça pesada. / Um pouco mais de sono, mais tempo adormecido, / Assim, ele desperdiça metade de seu dia, e horas incontáveis, / e quando ele se levanta, fica sentado com as mãos no colo, / ou caminha a esmo, ou fica lá parado à toa."* [N. T.]

— Bom, nunca ouvi esse poema antes — disse a Tartaruga Falsa. — Mas parece uma tremenda bobagem.

Alice não disse nada. Sentou-se e tampou o rosto com as mãos, perguntando-se se *algum dia* as coisas voltariam a acontecer de forma natural.

— Gostaria que me explicasse — disse a Tartaruga Falsa.

— Ela não consegue — atalhou o Grifo. — Passe para o próximo verso.

— Mas, e essa história dos dedos do pé? — insistiu a Tartaruga Falsa. — Como a Lagosta viraria os dedos do pé para fora com o nariz?

— É a primeira posição na dança — respondeu Alice.

Totalmente confusa com tudo aquilo, ela só queria mudar de assunto logo.

— Passe para o verso seguinte — repetiu o Grifo, impaciente. — Começa com "Ao cruzar seu jardim".

Alice não ousava desobedecer, embora tivesse certeza de que tudo ia sair errado, e prosseguiu, com voz trêmula:

"Ao cruzar seu jardim, notei num breve olhar,
Que a Coruja e a Pantera partilhavam o jantar...
A Pantera comeu a carne, as batatas e toda a ervilha,
À Coruja restou só a louça nessa estranha partilha.
Como um agrado, ao terminarem a festança,
A Coruja pode pegar uma colher de lembrança.

A Pantera tomou garfo e faca e, de lambuja,
Finalizou o banquete...[43]

— De que adianta recitar se você não vai explicando a poesia? — interrompeu a Tartaruga Falsa. — É a coisa mais confusa que já ouvi na vida!

— Sim, acho melhor você parar de recitar — disse o Grifo, e Alice concordou de muito bom grado.

— Vamos tentar outra figura da Quadrilha das Lagostas? — prosseguiu o Grifo. — Ou você gostaria que a Tartaruga Falsa cantasse uma música para você?

— Ah, uma música, se a Tartaruga Falsa fizer a gentileza — respondeu Alice;

Tamanho foi o entusiasmo dela que o Grifo comentou, num tom ofendido:

— Hum! Gosto não se discute! Cante para ela "Sopa de Tartaruga", minha velha!

A Tartaruga Falsa deu um suspiro profundo e cantou, numa voz às vezes embargada pelas lágrimas:

---

43. Não é difícil imaginar a rima final. Os versos originais de Watts dizem: "Ao cruzar o jardim dele, vi o mato crescendo, / as ervas daninhas crescendo vigorosas; / as roupas que ele usa estão virando farrapos, / e ele esbanja seu dinheiro até passar fome ou esmolar." O poema termina com o narrador afirmando que o preguiçoso deve ser um exemplo de como não ser, e agradece aos amigos por terem ensinado o valor de trabalhar e de ler. [N. T.]

"Belíssima sopa, saborosa, tão divina,
Servida tão quentinha na terrina!
Quem não ficaria com água na boca?
Sopa da tarde, belíssima sopa!
Sopa da tarde, belíssima sopa!
Belí-íissima so-opa!
Belí-íissima so-opa!
So-opa da ta-a-arde,
Bela, belíssima sopa!

Belíssima sopa! Quem liga pra pato,
Porco, feijão ou qualquer outro prato?
Quem não daria tudo que tem
Por um prato de sopa de um vintém?
Por um prato de sopa de um vintém?
Belí-íissima so-opa!
Belí-íissima so-opa!
So-opa da ta-a-arde,
Bela, belíssi-MA SOPA!"[44]

— O refrão de novo! — gritou o Grifo.

44. Paródia de "Estrela da Noite", música popular com melodia e letra de James M. Sayles, cuja primeira estrofe e o refrão dizem: "Bela estrela tão brilhante no céu, / Suavemente lança sua luz prateada, / Enquanto você se move tão longe da Terra. / Estrela da noite, bela estrela." Segundo Gardner (1960), Alice e as irmãs cantaram esta música para Carroll. [N. T.]

A Tartaruga Falsa já começava a repeti-lo, quando um grito soou ao longe:

— O julgamento vai começar!

— Vamos! — gritou o Grifo.

Ele pegou Alice pela mão e saiu correndo, esbaforido, sem esperar pelo final da música.

— Que julgamento é esse? — perguntou Alice, ofegante, enquanto corria.

— Vamos! — foi a única resposta do Grifo, correndo ainda mais depressa.

Enquanto isso, soavam cada vez mais distantes as palavras melancólicas que a brisa trazia:

"So-opa da ta-a-arde,
Bela, belíssima sopa!"

Capítulo XI

Quem roubou as tortas?

O Rei e a Rainha de Copas estavam sentados no trono quando Alice e o Grifo chegaram, com uma multidão reunida a sua volta: passarinhos e uma variedade de outros animais, bem como todo o maço de cartas. O Valete estava em pé diante deles, acorrentado, com um soldado de cada lado vigiando-o. Junto ao Rei estava o Coelho Branco, com uma corneta em uma das mãos e um rolo de pergaminho na outra.

Bem no centro do recinto havia uma mesa, sobre a qual estava uma enorme bandeja com tortas. Tinham uma cara tão boa que só de olhar para elas Alice sentiu-se faminta.

“Bem que podiam terminar logo o julgamento e servir o lanche”, pensou.

Mas isso não parecia nada provável, e ela começou a olhar ao redor, para passar o tempo.

Alice nunca havia estado em um tribunal de justiça antes, mas lera nos livros sobre os tribunais, e ficou satisfeita ao perceber que sabia o nome de quase tudo.

“Aquele é o juiz, por causa da peruca enorme”, disse para si mesma.

O juiz, aliás, era o Rei. Ele usava a coroa por cima da peruca e não parecia estar muito à vontade; certamente sua aparência não era nada atraente.

"Ali é onde fica o júri", pensou Alice, "e aquelas doze criaturas" (ela foi obrigada a dizer "criaturas", porque alguns eram aves e alguns eram outros animais) "devem ser os jurados."

Ela repetiu esta última palavra para si duas ou três vezes, orgulhosa, pois supunha, com toda razão, que muito poucas garotinhas de sua idade sabiam o significado do termo. No entanto, se dissesse "membros do júri", também não estaria errado.

Os doze jurados estavam muito ocupados escrevendo em lousas.

— O que eles estão fazendo? — Alice sussurrou para o Grifo. — Ainda não devem ter nada para anotar, antes do início do julgamento.

— Estão anotando seus nomes — sussurrou o Grifo em resposta. — Eles têm medo de esquecê-los até o final do julgamento.

— Que idiotas! — exclamou Alice, indignada, em voz alta, mas calou-se quando o Coelho Branco gritou:

— Silêncio na Corte!

Ao mesmo tempo, o Rei colocou os óculos e olhou nervoso ao redor, para ver quem estava falando.

Alice podia ver, tão bem quanto se estivesse lendo por cima do ombro dos jurados, que estavam todos anotando "que idiotas!" nas lousas. Dava até para perceber que um deles não sabia como soletrar "idiotas" e que tinha precisado consultar seu vizinho.

"Antes de terminar o julgamento, essas lousas vão estar uma bagunça", pensou.

O giz de um dos jurados rangia ao arranhar a lousa. Alice, é claro, *não* suportava isso e deu a volta ao tribunal, ficando atrás do jurado; na primeira oportunidade, agarrou o giz. Foi tudo tão rápido que o pobre e pequenino jurado, que era o Lagarto Bill, não conseguiu entender onde o giz tinha ido parar. Procurou-o por todo canto, mas daí em diante viu-se obrigado a escrever com o dedo, o que era inútil, pois o dedo não deixava marcas na lousa.

— Arauto, leia a acusação — disse o Rei.

Com isso, o Coelho branco soprou a corneta três vezes, desenrolou o pergaminho e leu:

"A Rainha de Copas fez algumas tortas,
Num belo dia de verão.
O Valete de Copas roubou as tortas,
Simplesmente passou a mão."[45]

— Deem o veredito! — disse o Rei ao júri.

45. Essa é a letra original de uma canção de ninar tradicional da Inglaterra. Nesse caso, Carroll não fez qualquer alteração. [N. T.]

— Ainda não, ainda não! — apressou-se o Coelho a responder. — Muita coisa tem que acontecer antes disso!

— Chame a primeira testemunha — ordenou o Rei.

O Coelho Branco soprou a corneta três vezes e gritou:

— Primeira testemunha!

A primeira testemunha era o Chapeleiro. Ele apareceu com uma xícara de chá numa das mãos e um pão com manteiga na outra.

— Mil perdões, Majestade, por vir com as mãos ocupadas, mas eu não havia terminado de tomar o chá quando foram me buscar — disse.

— Pois deveria ter terminado — disse o Rei. — Quando foi que começou?

O Chapeleiro olhou para a Lebre de Março, que o acompanhara ao tribunal, de braços dados com o Arganaz.

— Foi em catorze de março, *acho* — disse.

— Quinze — corrigiu a Lebre de Março.

— Dezesseis — emendou o Arganaz.

— Anotem isso — disse o Rei ao júri.

Os jurados anotaram as três datas em suas lousas, diligentes, então somaram tudo e converteram o total em *shillings* e *pence*.[46]

46. Até 1971, no sistema monetário do Reino Unido, 12 *pence equivaliam a 1 shilling, e 20 shillings a uma libra esterlina*. Esse trecho é uma brincadeira com as complexas operações então necessárias para calcular valores, que as pessoas faziam quase automaticamente. [N. T.]

— Tire seu chapéu — disse o Rei ao Chapeleiro.

— Ele não é meu — respondeu este.

— *Roubado!* — exclamou o Rei, virando-se para o júri, que de imediato tomou nota do fato.

— Eu os tenho para vender — acrescentou o Chapeleiro, explicando. — Não tenho nenhum que seja de fato meu. Sou um Chapeleiro.

Então a Rainha colocou seus óculos e encarou o Chapeleiro, que empalideceu e começou a se remexer, inquieto.

— Dê seu depoimento — disse o Rei. — E não fique nervoso, ou mando executá-lo aqui e agora.

Isso não pareceu encorajar nem um pouco a testemunha. O Chapeleiro continuou trocando o peso do corpo de um pé para o outro, olhando apreensivo para a Rainha, e se atrapalhou tanto, que mordeu a xícara em vez do pão, arrancando-lhe um grande pedaço.

Bem nessa hora, Alice teve uma sensação estranha, e ficou intrigada até compreender o que era: estava começando a crescer de novo. A princípio, pensou em se levantar e ir embora do tribunal, mas depois pensou melhor e decidiu continuar ali enquanto tivesse espaço suficiente.

— Eu gostaria que você não me apertasse tanto — disse o Arganaz, que estava sentado ao lado dela. — Mal consigo respirar.

— Não posso evitar — disse Alice, timidamente. — Estou crescendo.

— Você não tem o direito de crescer *aqui* — disse o Arganaz.

— Que bobagem — retrucou Alice, com mais ousadia. — Você também está crescendo, sabe.

— Sim, mas *eu* cresço num ritmo aceitável — devolveu o Arganaz. — Não desse jeito ridículo.

A seguir, ele se levantou, mal humorado, e foi para o outro lado do tribunal.

Durante todo o tempo, a Rainha continuou encarando o Chapeleiro. Na hora em que o Arganaz atravessava o recinto, ela disse a um dos oficiais do tribunal:

— Traga-me a lista de todos que cantaram no último concerto.

Ouvindo isso, o pobre Chapeleiro tremeu tanto, que os sapatos lhe saíram dos pés.

— Dê seu depoimento — repetiu o Rei, irritado. — Ou vou executá-lo, esteja você nervoso ou não.

— Sou um homem pobre, Majestade — começou o Chapeleiro, com voz trêmula. — E eu tinha começado a tomar chá... não fazia nem uma semana... e o pão com manteiga estava ficando tão fino... e o chacoalhar do chá...

— O chacoalhar do *quê*? — perguntou o Rei.

— Tudo *começou* com o chá.

— Mas é claro que chacoalhar começa com *cha*! — disse o Rei, cortante. — Está achando que sou burro? Prossiga!

— Sou um homem pobre — continuou o Chapeleiro. — E a maioria das coisas começou a chacoalhar depois disso… Só que a Lebre de Março disse…

— Eu não disse nada! — interrompeu afobada a Lebre de Março.

— Disse! — insistiu o Chapeleiro.

— Eu nego! — rebateu a Lebre.

— Ela nega — disse o Rei. — Deixem de fora essa parte

— Bom, de qualquer forma, o Arganaz disse... — continuou o Chapeleiro, olhando ansioso à sua volta, para ver se o Arganaz também negaria.

Mas o Arganaz não negou nada, pois estava profundamente adormecido.

— Depois disso... — prosseguiu o Chapeleiro —... servi-me de mais pão com manteiga...

— Mas o que foi que o Arganaz disse? — perguntou um dos jurados.

— Disso eu não me lembro — respondeu o Chapeleiro.

— Você *precisa* se lembrar — comentou o Rei — ou mandarei executá-lo.

O pobre Chapeleiro deixou cair a xícara de chá e o pão com manteiga, e ficou de joelhos.

— Sou um homem pobre, Majestade — começou.

— Seus argumentos é que são *pobres* — disse o Rei.

Nesse momento, um dos porquinhos-da-índia aplaudiu, e sua manifestação foi imediatamente sufocada pelos oficiais do tribunal. (Essa palavra é um tanto forte, e por isso explico como foi feito. Eles tinham um grande saco de lona, cuja boca era atada com cordões; colocaram o porquinho-da-índia dentro dele de cabeça e depois sentaram-se em cima.)

"Que bom que vi como fazem isso", pensou Alice. "Já li muitas vezes no jornal que, no fim de um julgamento, 'Houve tentativas de aplausos, que foram sufocadas de imediato pelos oficiais do tribunal', e até agora não tinha entendido o que isso queria dizer."

— Se é tudo o que você sabe, pode descer — prosseguiu o Rei.

— Não posso descer mais — disse o Chapeleiro. — Já estou ajoelhado no chão.

— Então pode se sentar — respondeu o Rei.

Nesse momento, outro porquinho-da-índia aplaudiu, e foi sufocado.

"Bom, já foram todos os porquinhos-da-índia", pensou Alice. "Agora as coisas vão melhorar".

— Eu gostaria de terminar meu chá — disse o Chapeleiro, olhando nervoso para a Rainha, que lia a lista dos cantores.

— Pode ir embora — disse o Rei.

O Chapeleiro saiu correndo do tribunal, sem nem parar para calçar os sapatos.

—... e corte-lhe a cabeça lá fora — acrescentou a Rainha para um dos oficiais.

Mas o Chapeleiro sumiu de vista antes que o oficial chegasse à porta.

— Chame a próxima testemunha! — disse o Rei.

A testemunha seguinte era a cozinheira da Duquesa. Ela trazia um pote de pimenta e, antes mesmo que entrasse no tribunal, Alice adivinhou que era ela, pelo modo como todas as pessoas junto à porta começaram a espirrar.

— Dê seu depoimento — disse o Rei.

— Não — disse a cozinheira.

O Rei olhou nervoso para o Coelho Branco, que disse, em voz baixa:

— Vossa Majestade deve interrogar a testemunha.

— Bom, se devo, devo — disse o Rei, com ar melancólico. Cruzou os braços, fechou a cara para a cozinheira, apertando os olhos, e disse com voz grave — Do que são feitas as tortas?

— De pimenta, principalmente — respondeu a cozinheira.

— De melado — disse uma voz sonolenta por trás dela.

— Agarrem esse Arganaz! — berrou a Rainha. — Cortem a cabeça desse Arganaz! Ponham esse Arganaz para fora do tribunal! Sufoquem-no! Prendam-no! Arranquem-lhe os bigodes!

Por alguns minutos, o tribunal virou um pandemônio, na tentativa de colocar o Arganaz para fora. Quando, por fim, tudo se acalmou, a cozinheira havia desaparecido.

— Não importa! — disse o Rei, que parecia muito aliviado. — Chame a próxima testemunha.

E acrescentou para a Rainha, em voz baixa.

— Sério, minha querida, *você* deveria interrogar a próxima testemunha. Isso está me dando dor de cabeça!

Alice observou o Coelho Branco enquanto ele se atrapalhava todo, consultando a lista. Estava curiosa para saber quem seria a testemunha seguinte, "porque eles *ainda* não têm muitas provas", disse para si.

Imaginem a surpresa dela quando o Coelho Branco leu, o mais alto que sua voz fina e estridente permitia, o nome...

— Alice!

Capítulo XII

O depoimento de Alice

— Presente! — gritou Alice

De tão nervosa, ela esqueceu por completo o quanto tinha crescido nos últimos minutos e, ao erguer-se de repente, a barra de sua saia derrubou a tribuna do júri, jogando os jurados sobre a multidão que estava embaixo. E lá ficaram eles, espalhados pelo chão, fazendo lembrar o aquário do peixinho dourado que ela entornara sem querer uma semana antes.[47]

— Oh, *por favor*, me perdoem! — exclamou, consternada.

Começou a recolhê-los o mais depressa que podia, pois o acidente com o peixinho dourado não saía de sua cabeça, e ela tinha a vaga noção de que precisava pegá-los sem demora e colocá-los de volta na tribuna, ou eles morreriam.

— O julgamento não pode prosseguir... — disse o Rei, numa voz muito grave — ... até que todos os membros do júri estejam de volta a seus lugares corretos. *Todos* — ele repetiu com muita ênfase, enquanto lançava um olhar duro para Alice.

47. Na ilustração original de John Tenniel, aparecem todos os doze jurados: uma rã, um arganaz, um rato, um furão, um ouriço, um lagarto, um galo, uma toupeira, um pato, um esquilo, uma cegonha e um jovem camundongo. [N. T.]

Alice olhou para a tribuna do júri e viu que, na pressa, havia colocado o Lagarto de cabeça para baixo, e o pobrezinho agitava a cauda de forma melancólica, incapaz de se mexer. De imediato, ela o tirou e colocou de volta na posição certa. "Não que isso ajude muito", disse para si. "Para mim, a atuação dele neste julgamento seria exatamente a mesma, nessa posição ou na outra."

Assim que o júri se recuperou um pouco do choque de ter sido entornado, e as lousas e gizes foram encontrados e devolvidos aos jurados, todos se puseram a escrever diligentemente a história do acidente. Todos menos o Lagarto, que parecia abalado demais para fazer outra coisa senão ficar sentado olhando para o teto de boca aberta.

— O que você sabe sobre o caso? — perguntou o Rei a Alice.

— Nada — respondeu ela.

— Nada de nada? — insistiu o Rei.

— Nada de nada — confirmou Alice.

— Isto é muito importante — disse o Rei, voltando-se para o júri.

Os jurados estavam começando a anotar isto em suas lousas, quando o Coelho Branco interrompeu:

— *Des*importante, Vossa Majestade quer dizer, claro. — Ele disse isso num tom muito respeitoso, mas de cenho cerrado e fazendo caretas enquanto falava.

— *Des*importante, claro, é o que quis dizer — apressou-se o Rei a dizer, e depois ficou murmurando consigo mesmo — Importante, desimportante, desimportante, importante — como se tentasse descobrir qual palavra soava melhor.

Alguns dos membros do júri escreveram "importante", e outros escreveram "desimportante". Alice podia ler tudo, pois estava perto o bastante para ver de cima as lousas. "Mas não tem a menor importância", pensou.

Nesse momento, o Rei, que estivera ocupado por alguns instantes escrevendo em seu caderno de notas, gritou:

— Silêncio! — A seguir, ele leu em seu caderno. — Regra Quarenta e Dois. *Todas as pessoas com mais de um quilômetro e meio de altura devem ir embora do tribunal.*

Todos olharam para Alice.

— Eu *não* tenho um quilômetro de altura! — disse ela.

— Você tem — contradisse o Rei.

— Você tem quase três quilômetros de altura — acrescentou a Rainha.

— Bom, de qualquer modo, não vou embora. — disse Alice. — Além do mais, essa não é uma regra de verdade. Você a inventou neste instante.

— É a regra mais antiga do livro — disse o Rei.

— Então deveria ser a Número Um — retrucou Alice.

O Rei empalideceu e fechou o caderno bruscamente.

— Deem o veredito — disse ao júri, numa voz grave e trêmula.

— Por favor, Vossa Majestade, há mais provas a serem examinadas — disse o Coelho Branco, pondo-se de pé às pressas. — Este papel acaba de ser encontrado.

— E o que está escrito nele? — quis saber a Rainha.

— Não o abri ainda — disse o Coelho Branco. — Mas parece ser uma carta, escrita pelo prisioneiro para... para alguém.

— Deve ser exatamente isso — opinou o Rei. — A menos que tenha sido escrita para ninguém, o que não é lá muito comum, como sabe.

— A quem está endereçada? — perguntou um dos membros do júri.

— Não está endereçada. Aliás, não há nada escrito do lado de fora. — Ele desdobrou o papel enquanto falava e acrescentou. — Não é uma carta, afinal de contas. Há um monte de versos.

— Estão escritos com a letra do prisioneiro? — perguntou outro membro do júri.

— Não, não estão — disse o Coelho Branco. — E isso é o mais estranho de tudo.

(Todos os jurados pareceram ficar perplexos.)

— Ele deve ter imitado a letra de outra pessoa — disse o Rei.

(Todos os jurados ficaram animados de novo.)

— Por favor, Vossa Majestade — disse o Valete. — Não escrevi isso, e ninguém pode provar que o fiz. Não há nenhuma assinatura ao final[48].

— Se você não assinou, isso só piora as coisas — disse o Rei. — *Com certeza* já tinha em mente alguma coisa errada, ou teria assinado, como qualquer homem honesto.

Houve aplausos generalizados; era a primeira coisa realmente inteligente que o Rei dizia naquele dia.

— Isso prova a culpa dele — disse a Rainha.

— Não prova nada disso! — exclamou Alice. — Puxa, vocês nem sabem sobre o que são os versos!

— Leia-os — ordenou o Rei.

O Coelho Branco colocou os óculos.

— Por favor, Vossa Majestade, por onde devo começar? — perguntou.

— Comece pelo começo — disse o rei, muito sério. — Prossiga até chegar ao fim, e então pare.

Fez-se um silêncio mortal na Corte, enquanto o Coelho Branco lia os seguintes versos:

"Você foi visitá-la, fui informado,
E falou com ele a meu respeito.

48. Gardner (2000) observa que, se o Valete não escreveu a carta, não teria como saber que ela não estava assinada. [N. T.]

Ela me disse que sou de seu agrado,
Mas como não sei nadar, nada feito.

Ele disse aos demais que eu não tinha ido
(E sabíamos ser fato provado, lhe digo)
Se ela investigasse tal história sem sentido
Diga-me, o que seria de você, meu amigo?

A ela eu dei uma, a ele deram-lhe duas,
Três ou mais você mesmo nos deu;
E todas depois voltaram a ser suas,
Embora tudo antes tivesse sido meu.

Se ela ou eu, por casualidade,
Neste caso formos envolvidos,
Ele espera que lhes dê liberdade
Assim como nós temos tido.

Penso que você representou
(Antes que ela ficasse irritada)
Um obstáculo que se instalou,
E assim ele e nós ficamos sem nada

Não o deixe saber que ela os preferia
Pois este deve para sempre ser

Um segredo que, pelo bem da harmonia,
Você e eu juraremos manter."[49]

— Esta é a prova mais importante que já encontramos — disse o Rei, esfregando as mãos. — Portanto, agora vamos deixar que o júri...

— Se algum jurado conseguir explicar esses versos, eu lhe darei seis *pence* — disse Alice (ela crescera tanto nos últimos minutos, que não tinha o menor medo de interrompê-lo). — Para *mim*, tudo isso não faz absolutamente nenhum sentido.

Todos os jurados escreveram em suas lousas: "Para *ela*, tudo isso não faz absolutamente sentido algum", mas nenhum deles tentou explicar o que estava escrito no papel.

— Se não faz sentido, isso economiza muito trabalho, sabe, pois então não precisamos encontrá-lo — disse o Rei, que estendeu sobre os joelhos o papel com os versos e, olhando para eles de rabo de olho, prosseguiu. — Mas acho que, no fim das contas, estou vendo algum sentido neles... *mas como não sei nadar*... Você não sabe nadar, não é? — acrescentou, voltando-se para o Valete.

O Valete sacudiu a cabeça, com tristeza.

— Dou a impressão de quem sabe? — perguntou. (Com certeza *não* dava, já que era feito de cartolina.)

49. Este poema, em que os pronomes não fazem qualquer sentido, é de autoria do próprio Carroll. [N. T.]

— Até aqui, tudo bem — disse o Rei, e continuou murmurando versos para si mesmo — *Sabíamos ser fato provado...*, é o júri, claro. *Se ela investigasse tal história...*, deve ser a Rainha. *O que seria de você, meu amigo?* Realmente! A *ela eu dei uma, a ele deram-lhe duas...* Ora, deve ser o que ele fez com as tortas, sabe...

— Mas continua com *E todas depois voltaram a ser suas* — disse Alice.

— Pois então, ali estão elas! — disse o Rei, triunfante, apontando para as tortas que estavam sobre a mesa. — Nada pode ser mais claro do que *isso*. E ainda... *antes que ela ficasse irritada*... Creio que você nunca ficou irritada, não é, minha querida? — ele disse à Rainha.

— Nunca! — disse a Rainha, furiosa, enquanto atirava um tinteiro no Lagarto.

(O pobre Bill havia desistido de escrever na lousa com o dedo, ao perceber que ele não deixava marca alguma, mas agora recomeçara, usando a tinta que escorria por seu rosto, enquanto ela não secava.)

— Então, os versos não se aplicam a você, pois você não é uma pessoa *versada* — disse o Rei, olhando ao redor com um sorriso. O silêncio era total.

— É um trocadilho! — acrescentou o Rei em tom ofendido, e todos riram. O Rei então disse, mais ou menos pela vigésima vez naquele dia. — Que o júri dê seu veredito!

— Não, não! — protestou a Rainha. — Primeiro a sentença, o veredito depois.

— Que bobagem! — exclamou Alice. — Imagine, dar a sentença primeiro!

— Cale a boca! — gritou a Rainha, ficando roxa.

— Não calo! — disse Alice.

— Cortem-lhe a cabeça! — gritou a Rainha, a plenos pulmões.

Ninguém se mexeu.

— Quem se importa com vocês? — disse Alice (ela já havia crescido até seu tamanho normal) — Vocês são só um monte de cartas!

Nesse momento, todas as cartas se ergueram no ar e vieram voando para cima dela. Alice soltou um gritinho, de medo e de raiva, e tentou afastá-las, batendo nelas, e, de repente, viu que estava deitada na beira do rio, com a cabeça no colo da irmã, que suavemente afastava com a mão algumas folhas secas que haviam caído das árvores sobre o rosto dela.

— Acorde, Alice querida! — disse a irmã. — Nossa, como você dormiu!

— Ah, tive um sonho bem estranho! — disse Alice.

E contou à irmã, tão bem quanto conseguiu lembrar, todas as estranhas aventuras que você acaba de ler. E, quando terminou, a irmã a beijou e disse:

— Foi *mesmo* um sonho estranho, querida. Mas corra, vá logo tomar seu chá. Está ficando tarde.

E assim Alice levantou-se e partiu apressada. Enquanto corria, pensava, e com toda razão, como tinha sido maravilhoso aquele sonho.

Mas sua irmã continuou lá sentada, com a cabeça apoiada na mão, vendo o sol se pôr e pensando na pequena Alice e em todas as suas maravilhosas aventuras, até que ela mesma começou de certa forma a sonhar, e foi este seu sonho:

Primeiro, ela sonhou com a própria Alice, e uma vez mais as mãos pequeninas estavam entrelaçadas sobre o joelho, e os olhinhos brilhantes e vivos fitavam os seus. Podia ouvir sua voz e ver aquele pequeno movimento com a cabeça que ela fazia para afastar o cabelo teimoso, que *sempre* lhe caía nos olhos. Mas ao mesmo tempo ouvia, ou parecia ouvir, o ambiente a sua volta enchendo-se de vida com as estranhas criaturas do sonho de sua irmãzinha.

A grama alta agitou-se a seus pés quando o Coelho Branco passou correndo. O Rato assustado atravessava a nado a lagoa vizinha. Ela podia ouvir o tilintar das xícaras de chá, enquanto a Lebre de Março partilhava com seus amigos uma refeição que nunca teria fim, e ouvia também os berros estridentes da Rainha, ordenando a execução de seus pobres convidados. De novo o bebê-porco espirrava no colo da Duquesa, enquanto pratos e travessas quebravam-se a sua volta. De novo o grito do Grifo, o som da lousa do Lagarto e os protestos dos porquinhos-da-índia sufocados encheram o ar, mesclados com o choro distante da infeliz Tartaruga Falsa.

Sentada ali, com os olhos fechados, quase acreditou no País das Maravilhas, embora soubesse que bastava apenas abri-los para tudo se transformar na realidade tão normal. Haveria apenas o vento agitando a grama, e a lagoa ondulando com o balançar dos juncos. O tilintar das xícaras viraria o som dos chocalhos das ovelhas, e os berros da Rainha se tornariam a voz do pastorzinho. E os espirros do bebê, os gritos do Grifo e todos os outros ruídos estranhos se transformariam (ela sabia) nos sons variados das atividades rurais da fazenda vizinha... enquanto os mugidos do gado, ao longe, substituiria o choro triste da Tartaruga Falsa.

Por fim, ela se pôs a imaginar que sua irmãzinha se tornaria, daí a muito tempo, uma mulher crescida. E que manteria, ao longo de toda a vida adulta, o coração simples e amoroso da infância. Imaginou como reuniria a seu redor outras criancinhas e faria os olhos *delas* brilharem, cheios de vida, com suas histórias estranhas, talvez até com o País das Maravilhas do sonho de tanto tempo antes. E imaginou como ela se sentiria, com seus problemas tão singelos, e como se divertiria com suas alegrias tão puras, recordando a própria infância e os dias felizes de verão.

Bibliografia consultada

BATEY, Mavis, 1980. *Alice's Adventures in Oxford*. Pictin Pictorials, Londres.

CARROLL, Lewis (autor) e GARDNER, Martin (organizador), *The Annotated Alice*. Forum Books, Cleveland, 1960.

________; , *The Annotated Alice. The definitive edition*. W. W. Norton, Nova York, 2000.

________; e GRAY, Donald J. (organizador), *Alice in Wonderland*. W. W. Norton, Nova York. 2. ed, 1992.

INGLIS-ARKELL, Esther. *The answer to the most famous unanswerable fantasy riddle*. 2012. Disponível em: <http://io9.gizmodo.com/5872014/the-answer-to-the-most-famous-unanswerable-fantasy-riddle>. Acessado em 13 de setembro de 2016.

TYLER, Christopher. *Parallel Alices: Alice through the Looking-Glass of Eleanor of Aquitaine*, 2013.Disponível em <http://parallelalices.com>. Acessado em 13 de setembro de 2016.

WIKIPEDIA. Vários verbetes. Disponível em: <https://en.wikipedia.org>. Acessada entre setembro de 2016 e julho de 2017.

BEBA